马伯庸

著

长安的荔枝

The
Litchi
Road

湖南文艺出版社
HUNAN LITERATURE AND ART PUBLISHING HOUSE

博集天卷
CS-BOOKY

图书在版编目（CIP）数据

长安的荔枝 / 马伯庸著 . -- 长沙：湖南文艺出版社，2022.10（2023.3 重印）
ISBN 978-7-5726-0858-2

Ⅰ . ①长… Ⅱ . ①马… Ⅲ . ①长篇小说－中国－当代
Ⅳ . ① I247.5

中国版本图书馆 CIP 数据核字（2022）第 167431 号

上架建议：历史小说

CHANG'AN DE LIZHI
长安的荔枝

著　　者：马伯庸
出 版 人：陈新文
责任编辑：欧阳臻莹
监　　制：邢越超
出 品 人：周行文　陶　翠
特约策划：李齐章　王　维
特约编辑：万江寒
营销支持：霍　静
插图绘制：赵悦琪
封面设计：主语设计
内文排版：百朗文化
出　　版：湖南文艺出版社
　　　　　（长沙市雨花区东二环一段 508 号　邮编：410014）
网　　址：www.hnwy.net
印　　刷：三河市兴博印务有限公司
经　　销：新华书店
开　　本：775mm×1120mm　1/32
字　　数：118 千字
印　　张：7
版　　次：2022 年 10 月第 1 版
印　　次：2023 年 3 月第 3 次印刷
书　　号：ISBN 978-7-5726-0858-2
定　　价：45.00 元

若有质量问题，请致电质量监督电话：010-59096394
团购电话：010-59320018

《长安的荔枝》序

承蒙马伯庸先生委托，让我为《长安的荔枝》作序。马亲王的著作，经常带来现象级的效果，这种效果并不局限于文学界，它还涉及影视、旅游、地方文化建设等方方面面，马亲王的巧思和他对现实的关怀，以及那种渗透骨髓的幽默感、对史料和细节的孜孜以求，恐怕就是他成功的原因。

除此之外恐怕还有一个原因，马伯庸把他对历史的熟稔与现实关怀结合在一起，使得文笔能直击人的内心。写的是古人，却经常让我们看到自己。这部《长安的荔枝》就是如此。

一连串跌宕起伏的故事次第展开，密不透风，令人无法释卷，这是我们熟悉的马亲王风格。

但与以往不同，这也是一个古装版的职场小说，是一个职场"社畜"拼命上岸的故事。第一页里，一个苦哈哈的房奴李善德就出现在我们的面前，他要在一线城市买房，要贷款，由此改变了他的人生——他要为稻粱谋，而且是每天有数的稻粱。看到这里，相信一些人的脸上已经出现了苦笑。也正因为要积极为稻粱谋，所以李善德轻易就被中层领导拿捏，领导用阴招将他送上了去岭南的路途，去完成那个显然不可能完成的任务——为皇帝递送新鲜荔枝。他甚至要为最坏的结果做打算——命丧黄泉之前与妻子离婚，让妻子、孩子规避债务，而杜甫讲给他的一个老兵的励志故事，才让他下定决心向前走。

小说里那些通天阴谋、暗杀，是我们一辈子不会遇到的事情，但整个小说的内核是那么真实，因为它直接洞察人性，小说围绕着复杂的唐代职官结构和行政运作机制展开，许多名词估计多数读者都闻所未闻，但读起来直摄人心，不用明白每个词的含义就能有一种莫名的熟悉感，因为，这一个"大盘"背后蕴含的机理是有共性的。各种利益的博弈、管理层内部的矛盾、职场的情商、不得已的违规，甚至还有不断修改需求的"甲方"。读者会感到，阅读每一行字，都是在阅读自己。看到"流程是弱者才要遵循的规矩""连做噩梦都在工作"谁不苦笑？

但是与此同时，还有一种精神能让人冲破这一切阻滞，那就是豁出命去守护我们所珍视的东西，它带来闯劲，也让我们不至于最终活成自己所讨厌的样子。李善德就是凭借这种精神，对得起职责，更对得起家人。文学需要宏大叙事，但也需要这些小人物的细节，让我们体味贯穿古今的共性。我们更容易与古代的"自己"共情。

一如既往，马亲王对各种历史背景及细节的深入了解和呈现，让我这个专业的历史学者甚为敬佩。他说本小说受到我的小文的影响，实在愧不敢当。那篇小文写于多年前，现在看来，史料和逻辑有些瑕疵，但基本观点未变，即贵妃荔枝来自岭南，不计成本的运输是能够达到平常无法达到的效果的。受马亲王的影响，我准备把这篇小文修改成正式的论文，以飨读者。

是为序。

于赓哲

2022 年 8 月 28 日

目录

Contents

第一章

当那个消息传到上林署时，李善德正在外头看房。

这间小宅子只有一进大小，不算轩敞，但收拾得颇为整洁。鱼鳞覆瓦，柏木檩条，院墙与地面用的是鄜邬产的大青砖，砖缝清晰平直，错落有致，如长安坊市排布，有一种赏心悦目的严整之美。

院里还有一株高大的桂花树，尽管此时还是二月光景，可一看那伸展有致的枝丫，便知秋来的茂盛气象。

看着这座雅致小院，李善德的嘴角不期然地翘起来。他已能想象到了八月休沐之日，在院子里铺开一条毯子，毯角用新丰酒的坛子压住，夫人和女儿端出刚蒸的重阳米锦糕，浇上一勺浓浓的蔗浆，一家人且吃且赏桂，何等惬意！

"能不能再便宜点？"他侧头对陪同的牙人说。

牙人赔笑道："李监事，这可是天宝四载的宅子，十年房龄，三百贯已是良心之极。房主若不是急着回乡，五百贯都未必舍得卖。"

"可这里实在太偏了。我每天走去皇城上直，得小半个时辰。"

"平康坊倒是离皇城近，要不咱们去那儿看看？"牙人皮笑肉不笑。

李善德登时泄了气，那是京城一等一的地段，他做梦都没敢梦到过。他又在院子里转了几圈，心态慢慢调整过来。

这座宅子在长安城的南边，朱雀门街西四街南的归义坊内，确实很偏僻，可它也有一桩好处——永安渠恰好在隔壁坊内，向北流去。夫人日常洗菜浆衣，不必大老远去挑水了，七岁的女儿热爱沐浴，也能多洗几次澡。

买房的钱就那么多，必须有所取舍。李善德权衡了一阵，一咬牙，算了，还是先顾夫人孩子吧，自己多辛苦点便是，谁让这是在长安城呢。

"就定下这一座好了。"他缓缓吐出一口气。

牙人先恭喜了一声，然后道："房东急着归乡，所以不便收粮谷，最好是轻货金银之类的。"李善德听懂他的暗示，苦笑道："你把招福寺的典座叫进来吧，一并落契便是。"

一桩买卖落定，牙人喜孜孜地出去。过不多时，一个灰袍和尚进了院子，笑嘻嘻地先合掌诵声佛号，然后从袖子里取出两份香积钱契，口称功德。

李善德伸手接过，只觉得两张麻纸重逾千斤，两撇胡须抖了一抖。

他只是一个从九品下的小官，想要拿下这座宅子，除罄尽自家多年的积蓄之外，少不得要借贷。京中除两市的柜坊之外，要数几座大伽蓝的放贷最为便捷，谓之"香积钱"。当然，佛法不可沾染铜臭，所以这香积钱的本金唤作"功德"，利息唤作"福报"。

李善德拿过这两张借契，从头到尾细细读了一遍，当真是功德深厚，福报连绵。他对典座道："大师，契上明言这功德一共两百贯，月生福报四分，两年还讫，本利结算该是三百九十二贯，怎么写成了四百三十八贯？"

这一连串数字报出来，典座为之一怔。

李善德悠悠道："咱们大唐杂律里有规定，凡有借贷，

003

只取本金为计，不得回利为本——大师精通佛法，这计算方式怕是有差池吧？"典座支吾起来，讪讪说许是小沙弥抄错了本子。

见典座脸色尴尬，李善德得意地捋了一下胡子。他可是开元二十五年明算科出身，这点数字上的小花招，根本瞒不住他。不过他很快又失落地叹了口气，朝廷向来以文取士，算学及第全无升迁之望，一辈子只在九品晃荡，他只能在这种事上自豪一下。

典座掏出纸笔，就地改好，李善德查验无误后，在香积钱契上落了指印与签押。接下来的手续，便不必由他操心。牙人自会从招福寺里取香积钱，与房主交割地契。这宅子从此以后，姓李了。

"恭喜监事莺迁仁里，安宅京室。"牙人与典座一起躬身道贺。

一股淡淡的喜悦，像古井里莫名泛起的小水泡，在李善德心中咕嘟咕嘟地浮起来。十八年了，他终于在长安城有了一席之地，一家人可以高枕无忧了。庭中桂花树仿佛提前开放了一般，浓香馥郁之味，扑鼻而来，浸润全身。

一阵报时的鼓声从远处传来，李善德猛然惊醒过来。他今日是告了半天假来的，还得赶回衙署去应卯。于是他告别牙人与典座，出了归义坊，匆匆朝着皇城方向走去。

坊口恰好有个赁驴铺子。李善德想到他今天做了如此重大的一个决定，合该庆祝一下，便咬咬牙，从锦袋里摸出十枚铜钱，想租一头健驴，又想到接下来背负的巨债，到底搁回三枚，只租了头老驴。

老驴一路上走得不急不缓，李善德的心情随之晃晃悠悠。一阵为购置了新宅而欣喜，一阵又头疼起还贷的事情。他反复计算过很多次，可每次闲暇时，又会忍不住算一遍。李善德每个月的俸禄折下来只有十贯出头，就算全家人不吃不喝，仍填不够缺口，还得想办法搞点外财才行。

但无论如何，有了宅子，就有了根本。

他是华阴郡人，早年因为算学出众，被州里贡选到国子监专攻算经十书，以明算科及第，随后被铨选到了司农寺，在上林署里做一个监事。虽说是个冷衙门的庶职，倒也平稳，许多年就这么平平淡淡地过来了。

这一次购置宅第，可以说是李善德多年以来最大的一次举动。他今年已经四十二岁，他觉得自己有权憧憬一下生活。

李善德抵达皇城之后，直奔上林署而去。那里位于皇城东南角的背阴之处，地势低洼，一下雨便会积起水来，所以常年散发着一股霉味，窗纸与屏风上总带着一块块斑渍。

此时已近午时，一群同僚正在廊下吧唧吧唧地会食。他们见到李善德，纷纷搁下筷子，热情地拱手施礼。李善德有点惊讶，这些家伙什么时候变得如此多礼了？他正迷惑不解，却见到上林署令招招手，示意自己坐到旁边来。

刘署令是个大胖子，平日里只对上峰客气，对下属从来不假颜色。他今天如此和蔼，让李善德有点受宠若惊。李善德忐忑不安地跪坐下来，低头看到诸色菜肴，更觉得古怪。

炖羊尾、酸枣糕、蒸藕玉井饭，居然还有一盘切好的鱼脍，旁边搁着橘皮和熟栗子肉捣成的蘸料——这午餐未免太丰盛了吧？

刘署令笑眯眯道："监事且吃，有桩好事，边吃边说与你听。"李善德有心先问，可耐不住腹中饥饿，这样的菜色，平日也是极难得才吃到的。他先夹起一片鱼脍，蘸了蘸料，放入口中，忍不住眯起眼睛。

滑嫩爽口，好吃！

刘署令又端来一杯葡萄酒。李善德心里高兴，长袖一摆，一饮而尽。他酒量其实一般，一杯下肚，已有点醺醺然。这时刘署令从苇席下取出一轴文牒："也不是什么大事，内廷要采办些荔枝煎，此事非让老李你来勾当不可。"

上林署的日常工作，本就是给朝廷供应各种果品蔬菜。李善德把嘴里的一块肥腻羊尾吞下去，用面饼擦了擦嘴边油渍，忙不迭把文牒接过去看。

原来这公文是内廷发来的一份空白敕牒，说欲置荔枝使一员，采办岭南特贡荔枝煎十斤，着人勾当差遣，不过填名之处还是空白。李善德一看到"敕令"二字，眉头一挑，这意味着是圣人直接下的指示，既喜又疑："这是让下官勾当此事？"

"适才你不在，大家商议了一番，都觉得老李你老成持重，最适合来做这个使职。"刘署令回答。

"轰"的一声，酒意霎时涌上了李善德的脑袋，他面色通红，连手都开始哆嗦了。

这几年以来，圣人最喜欢的就是跳开外朝衙署，派发各种临时差遣。宫中冬日嫌冷了，便设一个木炭使；想要广选美色入宫，便设一个花鸟使。甚至就在一年前，圣人忽然想吃平原郡的糖蟹了，随手指设了一个糖蟹转运使，京城为之哄传。

这些使职都是临时差遣，不入正式官序，可因为是直接给圣人办事，下面无不凛然遵从。其中油水之丰厚，不言而喻。像卫国公杨国忠，身上兼着四十多个使职，可以说是荷国之重。所以一旦有差遣派发下来，往往官吏们会抢破了头。

李善德做梦也没想到，上林署的同僚们如此讲义气，居然公推他来做这个荔枝使。带着醉意的脑子飞速地运转着：比价、采买、转运、入库，哪个环节都有一笔额外进账，如果胆子大一点的话，一次把香积贷还清了也不是没可能。

"真的叫在下来做这个荔枝使？"李善德仍有些不敢相信。

刘署令大笑："圣人空着名字，正是让诸司推荐。老李你若不信，我现在便判给你。"说完吩咐掌固取来笔墨，在这份敕牒下方签下一行漂亮的行楷："奉敕佥荐李善德监事勾当本事"，推到李善德面前。

李善德当即连饭也不吃了，擦净双手，恭敬接过，工工整整在下方签了自己的名字和一个大大的"奉"字。他熟悉公牍，顺手连日期也写在了上面：天宝十四载二月三日。

刘署令满意地点点头，叫书吏过来，抄成三轴，用上林署印——钤好，分送司农寺、吏部及御史台归入簿档。剩下的一轴敕牒本文，则给了李善德。

从这一刻起，李善德便是圣人指派的荔枝使，可谓一步登天。

周围同僚全无妒色，纷纷恭贺起来。这些祝贺比酒水还容易醉人，让李善德头晕目眩，兴奋不已。他不由得走下席来，敬了一圈酒。若非此时还是办公时间，他甚至想在廊下跳上一段胡旋舞。

双喜临门带来的醉意，一直持续到下午未正时分才稍稍消退。李善德喝了一口醒酒用的蔗浆，跪坐在自己的书台前，开始琢磨这事下一步该如何办理。

他在上林署做了这么多年监事，对瓜果蔬菜最熟悉不过。其时荔枝在岭南、桂州和蜀地的泸州皆有所产，朱红鳞皮，实如凝脂，味道着实不错，只是极容易腐坏。历年进贡来长安的，要么用盐腌渍，要么晾晒成干，还有一种比较昂贵的办法，用未稀释的原蜜浸渍，再用蜂蜡外封，谓之"荔枝煎"，只有达官贵人才吃得起。以内廷之奢靡，也只要十斤便够了。

其实对这桩差事，李善德还是稍微有些疑惑。

按说皇帝想吃荔枝煎，直接去尚食局调就行了，那里有一个口味贡库，专藏各地风味食材；就算没有，也可以派宫市使去东市采买，东市实在无货，一纸诏书发给岭南朝集使，让当地作为贡物送来便是。按道理，这么个肥差，怎么也轮不着上林署这么一个冷衙门来推荐人选。

李善德的酒劲已消退了不少，意识到这件事颇为蹊跷。这么大的便宜，别人凭什么白白给你？说不定是因为时间苛刻，难以办理。

想到这里，他急忙展开敕牒，去查看程限。

朝廷的每一份文书，里面都会规定一个程限，如果办事逾期，要受责罚。但出乎意料的是，这份敕牒上的程限是天宝十四载六月一日，距今还有将近四个月的时间。不算宽松，也不是很紧。无论是去岭南还是蜀地，都来得及。

李善德松了口气，决定先不去考虑那么多，先把荔枝煎买到手再说。

上林署管着城外的苑林园庄，所以他认识很多江淮果商，可以拜托他们打听一下。就算京城没有库存，在洛阳、扬州等地一定会有。实在不行，拜托岭南那边一坐果，便立刻蜜腌封送。荔枝的果期早熟要四月，大熟从五月开始，勉强赶得及六月一日。

李善德拿起算筹和毛笔，计算起从岭南送荔枝煎到长安的成本，怎样运送才最为快捷且便宜。但他很快又自嘲地摇摇头，穷酸病又犯了不是？这是给圣人办事，不是给自己买房，朝廷富有四海，何必计较这些小数。

他勾勾画画了很久，忽然听到皇城城门上有鼓声"咚咚"响起。长安规矩，暮鼓六百下之后，行人都必须留在坊内，否则就是犯了夜禁。他家如今住在长寿坊，距离有点远，得早点动身。

李善德收拾好东西，一样样挂在腰带上，犹豫了一下，把敕牒也揣上了。差遣使职没有品级，自然也就没有告身，这份敕牒，便是他的凭证，最好随身携带。

在鼓声之中，他离开皇城，沿着大路朝自己家赶去。路上的车马行人行色匆匆，都想早一点赶到落脚的地方。李善德看着那些风尘仆仆的客人的模样，内心涌起一点骄傲。他们只有旅店、寺庙可以慌张投宿，而自己马上就有宅可归了。

他骄矜地扬起下巴，迈开步子，却不防被一道深深的车辙绊倒，整个人啪嚓一下摔在地上。李善德狼狈地爬起来，发现连黑幞头都摔在了地上，同时掉出来的还有那份文牒。他吓得顾不得捡幞头，先扑过去把敕牒捡起来，拍了拍上面的尘土，发现一张小纸片从纸卷里飘出来。

李善德拿起来一看，这纸片只有半个指甲盖大，和敕牒用纸一样是黄藤质地，上头写了个"煎"字。

这是书办常见之物，名叫"贴黄"。书吏在撰写文牒时难免错写漏写，便剪出一小块同色同质的纸片，贴在错谬处，比雌黄更为便当。

不过按说贴黄之后，需要押缝钤印，以示不是私改，怎么这张贴黄上没有印章痕迹呢？李善德想到这里，不免好奇地看了一眼，被"煎"字遮掩的到底是个什么字。

可这一眼看去，他却如被雷劈，那居然是个"鲜"字！

"荔枝鲜"和"荔枝煎"只有一字之差，性质可不啻天壤。

他整个人僵在原地，只有下巴上的胡须猛烈地抖动起来。有路过的巡吏发现这位青袍官员有异，过来询问，可他的声音李善德听在耳中，却如同在井底听井栏外讲话那么隔膜。

鼓声依旧有节奏地响着，李善德抓起敕牒，僵硬地把脖子转向巡吏，吓得巡吏朝后退了一步，握紧腰间的直刀。他从来没见过这样的眼神：惶惑、涣散、惊恐……就算是吴道子也未必能摹画出来。

巡吏正琢磨着该如何处置，突然看到这位官员动了。

他缓缓转过身躯，放开步子，突然加速，疯狂地朝北面皇城跑去，花白头发在风中凌乱不堪。巡吏大为感慨，一个四十多岁的人能跑出这样的速度，委实难得。

李善德一口气跑回皇城，此时鼓声已经敲了四百多下，距离夜禁已不远。他奔到上林署的廊下，迎面传来一阵爽朗的笑声，正见刘署令与同僚说笑着准备离开。

刘署令正高高兴兴走着，见一个披头散发的黑影猛冲出来，吓得"嗷"了一声，差点要跳进旁边的水塘。黑影速度不减，一头撞到他怀里，两人齐齐倒在廊下，一块地板发出龟裂的哀鸣。

刘署令拼命挣扎，却发现那黑影死死抱住自己大腿，叫道："署令救我！署令救我！"听着声音耳熟，他再一辨认，不由得愤怒地吼道："李善德，你这是干什么！"旁边的同僚和仆役七手八脚把两人搀扶起来。

"请署令救我！"李善德匍匐在地，样子可怜之极。

"老李你得失心风了吧？"

李善德哑着嗓子道："您判给我的文牒，贴黄掉了，恳请重钤。"刘署令怫然不悦："多大点事，至于慌成这样吗？"

李善德忙不迭地取出文书，凑近指给署令看："您看，这里原本错写了'鲜'字，贴黄改成了'煎'字。但纸片不知为何脱落了，得重贴上去。这是敕牒，如果没有您的官印押缝，就成了篡改圣意啦。"

刘署令脸色一下子冷下来："贴黄？本官可不记得判给你时，敕牒上有什么贴黄——不是你自己贴上去的吧？"

"下官哪有这种胆子啊，明明……"

"你刚才也说了，贴黄需要钤印押缝，以示公心。请问这脱落的贴黄上，印痕何在？"

李善德一下子噎住了。是啊，那"煎"字贴黄上，怎么没有押缝印章呢？当时他喝得酒酣耳热，只看到文牒上那"荔枝使"的字样，心思便飞了，没有检查文书细节。话又说回来，自家上司给的文书，谁会像防贼一样查验啊？

他一时情急，声音大了起来："署令明鉴。您中午不也说，是内廷要吃荔枝煎吗？"

刘署令冷笑道："荔枝煎？我看你是老糊涂了吧？那东西在口味贡库里车载斗量！用得着咱们提供吗？你们说说，中午可听见我提荔枝煎了吗？"

众人都摇摇头。刘署令道："我中午说得清楚，敕牒里也写得清楚，授给你这一个荔枝使的头衔，本就是要给宫里采办鲜荔枝的，不要看错！"

李善德的胡须抖了抖，简直不敢相信听到的话："鲜荔枝？您也知道荔枝的物性，一日色变，两日香变，三日味变，无论从哪里运，也赶不及送到长安啊！"

"所以李大使你得多用用心，圣上可等着呢。"刘署令冷冷说了一句，随后又充满恶意地补充道，"你可看仔细了，诏书上说得清楚，圣人要的是岭南荔枝。"

李善德眼前一黑，岭南？那里距离长安得有五千里路，就是神仙也没办法！

外头鼓声快要停了，刘署令不耐烦地甩一甩衣袖，匆匆朝外头走去。李善德惊慌地扑过去揪住他袖子，却被一把推开，脊背再一次重重磕在木板地上。待得李善德头晕目眩爬起来，廊下已是空空荡荡。

李善德呆呆地瘫坐了一阵，忽然发疯似的直奔司农寺的甲库。宿直小吏突然被一个披头散发的疯子拦住，吓得差点喊卫兵来抓人。李善德抓住小吏的胳膊，苦苦哀求开库一看。小吏生怕被他咬上一口，只好应允。

这里有几十个大枣木架子，上头堆着大量文牒。京城附近的林苑果园，虚实尽藏于此。李善德记得，中午签的那份敕牒，按原样抄了三份，分送三个衙署存底，其中司农寺存有一份。他决心要弄清楚，如果贴黄是真，那么在这个存档里一定也有痕迹。

这里的每一卷文书，都在外头露出一角标签。这叫抄目，上面写着事由、经办衙署与日期，以便勾检查询。李善德凭借这个，很快便找到了那件备份。他迫不及待地将卷轴从架上擎出来，展开一看，心脏骤然停跳了一拍。

这份文书上面，并无任何贴黄痕迹，"荔枝鲜十斤"五个字清晰工整，绝无半点涂抹。

"不行，我得去吏部核验另外一份！"

李善德仍不肯放弃，也不敢放弃。要知道，这可是圣人发下来的差遣，若是办不好，只有死路一条。所以他必须搞清楚，圣人想要的到底是什么。

他正琢磨着如何进入吏部的甲库，无意中扫到了卷轴外插的那一角抄目标签，上头密密麻麻许多墨字。

如果一轴文牒的流转跨了不同衙署，负责入档的官吏为了省事，往往懒得更换新标签，只用笔画掉旧标签上的字迹，把新抄目写上去。所以对有心人来说，光看抄目便知道它的流转过程。

李善德疑惑地拿起来仔细看，发现它在尚食局、太府寺、宫市使和岭南朝集使手里都待过，然后才送来司农寺。

而司农寺卿二话没说，直接下发给了上林署。

读罢这条抄目，李善德不由得一阵晕眩。他意识到，不必再去吏部和兰台查验了。

从一开始，圣人想要的，就是六月一日吃到岭南的荔枝。

不是荔枝煎，是新鲜荔枝。

荔枝三日便会变质，就算有日行千里的龙驹，也绝无可能从五千里外的岭南把新鲜荔枝运到长安。所以荔枝使这个差遣，是注定办不成的，它不是什么肥差，而是一道催命符，每一个衙署都避之不及。

于是李善德在抄目里，看到了一场马球盛况：尚食局推给太府寺，太府寺传给宫市使，宫市使推到岭南朝集使，岭南朝集使又移文至司农寺。司农寺实在传无可传，只好往下压，硬塞到上林署。

李善德虽然老实忠厚，可毕竟在官场待了十几年，到了这会儿，如何还不知道自己被坑了。

谁让他恰好在这一天告假去看房，众人一合议，把不在场的人给公推出来。刘署令为了哄他接下这个烫手栗子，先用酒把他灌醉，然后故意把"鲜"贴黄成"煎"，反正只要没盖大印，李善德就算事后发现，也说不清楚。

想明白此节，李善德手脚不由得一阵抽搐，软软跌坐在甲库的地板上。恍惚中，他感觉自己待在一个狭窄漆黑的井底，浑身被冰凉的井水浸泡。他抬起头，看到那座还未住进去的宅子在井口慢慢崩塌，伴随着一簇簇桂花落入井中，很快把井口的光亮堵得一丝不见……

他再度醒来时，已是二月四日的早上。昨晚皇城已经关闭，无法出去。李善德无论如何都回想不起来，自己是怎么回到上林署的宿直间，又是何时睡着的。他心存侥幸地摸了摸枕边，敕牒还在，可惜上面"荔枝鲜"三字也在。

看来昨天那并不是一个噩梦。他失望地揉了揉眼睛，觉得浑身软绵绵的，毫无力气。明媚的日光从窗户空隙洒进来，却不能带给他哪怕一点点振奋。

对于一个已提前被判死刑的人，这些景致都毫无意义。一十八年的谨小慎微，只是一次的不经意，便陷入了万劫不复之地。夫人孩子随他在长安过了这么多年苦日子，好不容易要有宅可居，却又要倾覆到水中，想到这里，李善德心中一阵抽痛，抽痛之后，则是无边的绝望。

区区一个从九品下的上林署监事，能做什么？

他失魂落魄地待到了午后，终于还是起了身，把头发简单地梳了一下，摇摇摆摆地走出上林署。很多同僚都看到他，可没人凑过来，只是远远地窃窃私语，如同看一个死囚。

李善德也不想理睬他们，昨天若不是那些人起哄，自己也不会那么轻易地落入圈套中。他现在不想去揣测这些蝇营狗苟的心思，只想回家跟家人在一起。

他离开皇城，凭着直觉朝家里走去。走着走着，忽然听到一声呼喊："良元兄，你怎么在这里？"

李善德扭头一看，在街口站着两个青袍男子。一个细眼宽脸，面孔浑圆有如一面肉铜镜，还有一个瘦削的中年人，八字眉头倒撇，看上去一副忧心忡忡的面相。

这两个都是熟人。胖胖的那个叫韩洄，在比部司任主事，因为在家里排行十四，大家都叫他韩十四；瘦的那个叫杜甫，如今……李善德只知道他诗文不错，得过圣人青睐，一直在京待选，别的倒不太清楚。

韩洄一见面，热情地要拽李善德一起去吃酒，说杜子美刚刚得授官职，要庆祝一下。李善德木然应从，被他们拉去了西市的一处酒肆中。

一个胖胖的胡姬迎出来，略打量一番他们三人的穿着，径直引三人到酒肆的一处壁角。韩洄嫌她势利，从腰间摸出十五枚大钱，往案几上一拍，厉声喝道："今日老杜授官，原该好生庆祝一下，与我叫个乐班来助兴！"胡姬一听是官员，连忙敛起态度，唤来两个龟兹乐手，又取来三爵桂酒，说是酒家赠送，韩洄脸色这才好点。

杜甫局促道："十四，我也不是什么高官，不必如此破费。""怕什么，改日你赠我一首诗便是。"韩洄豪爽地摆了摆手。

两个高鼻深目的龟兹乐手过来，先展开一帘薄纱，左右挂在壁角曲钉上，然后隔着帘子奏起西域小曲来。韩洄拿起酒爵，对李善德笑道："良元兄，你有所不知。吏部这一次本是授了河西县尉给子美，结果他给推了，这才换成了右卫率府兵曹参军——虽是个闲散职位，好歹是个京官。当今圣上是好诗文的，子美留在长安，总有出头之日。"

李善德木然拱手，杜甫却自嘲道："做兵曹参军实非我愿，只为了几石禄米罢了，否则家里要饿杀。五柳先生可以不折腰，我的心志不及先贤远矣。"韩洄见他又要开始絮叨，连忙举起酒爵："来，来，莫说丧气话了，你可是集贤院待制过的，前途无量，与我们这些浊吏不一样。"

三人举起酒爵，一饮而尽。这桂酒是用桂花与米酒合酿而成的香酒，香气浓郁，李善德一入口，想到自己活不到八月，连新宅中那棵桂花树开花也见不到，不由得悲从中来，放下酒爵泪水滚滚。

韩洄与杜甫都吓了一跳，忙问怎么回事。李善德没什么顾忌，便把敕牒取出来，如实讲了。两人听完，都愣在原地。半晌，杜甫忍不住道："竟有此等荒唐事！岭南路远，荔枝易变，此皆人力所不能改，难道没人说给圣人知吗？"

韩洄冷笑道："圣人口含天宪，他定了什么，谁敢劝个'不'字？你们可还记得安禄山吗？多少人说这胡儿有叛心，圣人可好，直接把劝谏的人绑了送去河东。所以荔枝这事，那些衙署宁可往下推，也没一个敢让圣人撤回成命的。"

"圣人是不世出的英主，可惜……智足以拒谏，言足以饰非。"杜甫感慨。

"皇帝诏令无可取消，那么最好能寻一只替罪羔羊，把这桩差遣接了，做不成死了，才天下太平。良元兄可玩过羯鼓传花？你就是鼓声住时手里握花的那个人。"

韩洄说得坦率而犀利。他和这两人不同，身为比部司的主事，日常工作是审查诸部的账目，对官场看得最为透彻。

杜甫听完大惊："如此说来，良元岂不是无法可解？

可怜，可怜！"他关切地抚了抚李善德的脊背，大起恻隐之心。

这一抚，李善德登时又悲从中来，拿袖角去拭眼泪，抽抽噎噎道："我才从招福寺那里借了两百贯香积贷。一人死了不打紧，只怕她们娘俩会被变卖为奴。可怜她们随我多年艰苦，好容易守得云开，未见到月明便要落难。"杜甫也垂泪道："我如何不知。我妻儿远在奉先，也是饥苦愁困。我牵挂得紧，可离了京城，便没了禄米，他们也要……"

韩洄玩着手里的空酒爵，看着这两位哭成一团，无奈地摇了摇头："子美你莫要添乱了。——良元兄，我来考考你，我们比部最讨厌的，你可知是什么人？"

李善德擦擦眼泪，不解地抬起头来，韩洄怎么突然问起这个问题了？可见韩洄脸色凝重，不似开玩笑，只好收了收思绪，迟疑答道："逃税之人？"

韩洄摆摆指头："错！我们比部最讨厌的，就是你们这些临时差遣的使臣。"杜甫皱皱眉头："十四，你怎么还要刺激良元？"韩洄道："不，我不是针对良元，而是所有的使臣，在比部眼里都是杀千刀的逃奴。"

他一下口出粗言，震得两人都不哭了。韩洄索性拿起筷子，蘸着桂酒在案几上比画："朝廷的经费之制，两位都很熟悉。比如说你们上林署在天宝十四载的一应开销用度，正月里先由户部的度支郎中做一个预算，司金负责出纳，给司农寺划拨出钱粮，再分到你们上林署。等这些钱粮用完了，我们比部司还要审验账目，看有无浮滥贪挪之事。是这么个过程吧？"

随着韩洄叙说，一条笔直的酒痕浮现在案面上，两人俱点了点头。

"但是！圣人近年来喜欢设置各种差遣之职，因事而设，随口指定，全然不顾朝廷官序。这些使臣的一应开销，皆要从国库支钱，却只跟皇帝汇报，可以说是跳至三省六部之外，不在九寺五监之中。结果是什么？度支无从计划，藏署无从扼流，比部无从稽查，风宪无从督劾。我等只能眼睁睁看着各路使臣揣着国库的钱，消失在灞桥之外。"

杜甫愤怒道："蠹虫！这些蠹虫！"李善德却听出了这话里的暗示，若有所思。

"我给你举个例子。浙江每年要给圣人进贡淡菜与海蚶，为此专设了一个浙东海货使。在这位使者运作之下，水运递夫每年耗费四十三万六千工时，这得多大的开销？全是右藏署出的钱。可我们比部根本看不到账目——人家使臣只跟皇帝汇报，而宫里只要吃到海货，便心满意足，才不管花了多少钱。"

杜甫听得大惊失色，而李善德的眼神却越发亮起来。韩洄拿起一块干面饼，把案几上的酒痕擦干净，淡淡道："为使则重，为官则轻。你这个荔枝使与浙东海货使、花鸟使、瓜果使之类的，又有什么区别呢？"

这哪里是抨击朝政，分明是鼓励自己仗势欺人，做一个肆无忌惮的贪官啊。李善德暗想，可心中仍有些惴惴："我一个从九品下的小官，办的又是荔枝这种小事，怕是……"

韩洄冷笑一声，拿起敕牒："良元兄你还是太老实。你看这上面写的程限——限六月一日之前，难道没品出味道吗？"

李善德一脸蒙，韩洄"啧"了一声，拿起筷子，敲着酒坛边口，曼声吟道："云想衣裳花想容，春风拂槛露华浓。若非群玉山头见，会向瑶台月下逢。"杜甫听到这诗，双眼流露出无限感怀："这是……太白的诗啊！"

韩洄转向杜甫笑道："也不知太白兄如今在宣城过得好不好。今年上元节还看到京城传抄他在泾县写的新作《秋浦歌十七首》，笔力不减当年，就是《赠汪伦》滥俗了点。"

一说起作诗，杜甫可有了劲头，他身子前倾，一脸认真道："那汪伦是什么人，与太白交情有多深，为什么太白会特意给他写一首诗，这些我不知道，也不想知道，但单就这诗的作法，十四你却错了……"

两人叽叽咕咕，开始论起诗来。李善德不懂这些，他跪坐在原地，满心想的都是韩洄的暗示。

李白那首诗，是开元年间所作。当时圣人与贵妃在沉香亭欣赏牡丹，李龟年欲上前歌唱，圣人说："赏名花，对妃子，焉用旧乐辞为。"遂急召李白入禁。李白宿醉未醒，挥笔而成《清平调》三首，此即其一。

在大唐，贵妃前不必加姓，因为人人都知其姓杨。她的生辰，恰是六月一日。这新鲜荔枝，九成是圣人想送给贵妃的诞辰礼物。

韩洄的暗示，原来是这个意思！

这是为了贵妃的诞辰采办新鲜荔枝，只怕比圣人自己的事还要紧，天大的干系，谁敢阻挠？

他是个忠厚循吏，只想着办事，却从没注意过这差遣背后蕴藏的偌大力量。这力量没写在《百官谱》里，也没注在敕牒之上，无形无质，不可言说。可只要李善德勘破了这一层心障，六月一日之前，他完全可以横行无忌。

这时胡姬端来一坛绿蚁酒，拿了小漏子扣在坛口，让客人自筛。

"那六月一日之后呢？"李善德忽然又疑惑起来。凭这头衔再如何横行霸道，也解决不了荔枝转运的问题。这个麻烦不解决，一切都是虚的。

韩洄从杜甫滔滔不绝地论诗中挣脱出来，面色凝重地吐出两个字："和离。"

"和离？"

"和离！"

这两个字，如重锤一样，狠狠砸在胸口。李善德突然懂了韩十四的意思。

荔枝这事，是注定办不成的，唯有早点跟妻子和离，一别两宽，将来事发才不会累及家人。李善德可以趁这最后四个月横行一下，多捞些油水，尽量把香积贷偿清，好歹能给孤女寡妇留下一所宅子。

"到头来，还是要死啊……"

李善德的拳头伸开复又攥紧，紧盯着酒中那些渣渣，好似一个个溺水浮起的蚁尸。韩洄同情地看着这位老友，拿起漏子，缓缓地筛出一杯净酒，递给他。

长安商家有一种账目叫作"沉舟莫救"——舟已渐沉，救无可救，不如及早收手，尚能止损。他这办法虽然无情，对老友已是最好的处置。

此时一曲奏完,乐班领了几枚赏钱,卸下帘子退去了。壁角只剩他们三个,周围静悄悄的,毕竟午后饮酒的客人还不多。李善德颤抖着嘴唇,从蹀躞带里取出纸笔:

"既如此,我便写个放妻书,请两位做个见……"

话未说完,杜甫却一把按住他肩膀,扭头看向韩洄怒喝道:"十四,人家夫妻好端端的,哪有劝离的?"李善德苦笑道:"他也是好心。新鲜荔枝这差遣无解,我的命运已定,只能设法给老婆孩子博得一点点活路罢了。"

"你纵然安排好一切后事,令夫人与令爱余生就会开心吗?"

"那子美你说,我还有什么办法?!"李善德被他这咄咄逼人的口气激怒了。

"你去过岭南没有?见过新鲜荔枝吗?"

"不曾。"

"你去都没去过,怎么就轻言无解?"

"唉,子美,作诗清谈你是好手,却不懂庶务之繁剧……"

杜甫又一次打断他的话:"我是不懂庶务,可你也无解不是?左右都是死局,何不试着听我这不懂之人一次,去岭南走过一趟再定夺?"

李善德还没说话，杜甫一撩袍角，自顾自坐到了对面："我只会作诗清谈，那么这里有个故事，想说与良元知。"李善德看了一眼韩洄，后者歪了歪头，做了个悉听尊便的手势。

"我比现在年轻十岁的时候，一心想要在长安闯出名堂，报效国家。可惜时运不济，投卷也罢，科举也罢，总不能如愿，一直到了天宝十载，仍是一无所得。我四十岁生日那天，朋友们请我去曲江游玩庆祝。船行到了一半，岸边升起浓雾，我突然之间陷入绝望。这不就是我的人生吗？已经过去大半，而前途仍是微茫不可见。我下了船，失魂落魄，不想饮酒，不想作诗，就连韦曲的鲜花都没了颜色。我就像行尸走肉一样，漫无目的地走着，想着干脆朽死在长安城的哪个角落里算了。

"不知不觉，我走到了城东春明门外一里的上好坊。其实那里既算不得上好，更不是坊，只是一片乱葬岗。客死京城的无名之人都会送来这里埋葬，倒也适合作为我的归宿。我随便找了个坟堆，躺倒在地，没过多久，却遇到了一个守坟的老兵。那家伙满面风霜，还瞎了一只眼，态度凶横得很。他嫌我占地方，把我踢开，自顾自喝起酒。我问他讨了一口，便同他聊了起来。他原来在西域当兵，还在长安城干过一段时间不良人，不过没什么人记得了。老兵如今就隐居在上好坊，说要为从前他被迫杀掉的兄弟守坟。那一天我俩聊了很久，他讲了很多从前的事，其中我最喜欢的一段，却不是故事。

"老兵讲，他年轻时被迫离开家乡，远赴西域戍边。那是他第一次远别亲人，也是第一次上战场，何时会死也不知道。而军法极严，连逃都逃不掉。他一个年轻孩子，日夜惶恐惊惧，简直绝望到了极点。有一天，他在战场上被一个凶狠的敌人压住，眼看要被杀，他发起狠来，用牙齿咬掉了对方的脸颊肉，这才侥幸反杀。老兵突然明白了，既是身临绝境，退无可退，何不向前拼死一搏，说不定还能搏出一点微茫希望。从那以后，他拼命地练习刀术，练习骑术，每天从高山一路冲下，俯身去拔取军旗。凭着这一口不退之气，他百战幸存，终于从西域安然回到这长安城里。

"我当时听完之后，深受震动。我之境遇，比这老兵何如？他能多劈一刀在造化上，我为何不能？接下来的事情你们都知道了，我回去之后，振奋精神，写出了《三大礼赋》，终于获得圣人青睐，待制集贤院。虽说如今的成就也不值一提，但自问比起之前，创作更有方向：我要把这些寂寂无闻的人与事都记下来，不教青史无痕。于是我再次去了上好坊，请教老兵的姓名，希望为他写一些诗传。可老兵死活不肯透露姓名，只允许我把他当兵时的经历匿名写出来。于是我便写成了九首《前出塞》，适才那个故事，是在第二首，现在我把它赠予你。"

杜甫把毛笔抢过去，不及研墨，直接蘸了酒水，唰唰写了起来。一会儿工夫，纸上便多了一首五言古诗：

出门日已远，不受徒旅欺。

骨肉恩岂断，男儿死无时。

走马脱辔头，手中挑青丝。

捷下万仞冈，俯身试搴旗。

杜甫把笔"啪"的一声甩开，直直看向李善德，眼神锐利如公孙大娘手中的剑。

"骨肉恩岂断，男儿死无时。既是退无可退，何不向前拼死一搏？"

李善德读着这酒汁淋漓的诗句，握着纸卷的手腕突地一抖，仿佛有什么东西在胸中漾开。

第二章

二月春风，柳色初青。每到这个时节，长安以东的大片郊野便会被一大片碧色所浸染，一条条绿绦在官道两旁依依垂下，积枝成行，有若十里步障。唯有灞桥附近，是个例外。

只因天宝盛世，客旅繁盛，长安城又有一个折柳送别的风俗，每日离开的人太多，桥头柳树早早被薅秃了。后来之客，无枝可折，只好三枚铜钱一枝从当地孩童手里买。一番铜臭交易之后，心中那点"昔我往矣"的淡淡离愁，也便没了踪影，倒省了很多苦情文字。

李善德出城的时候，既没折柳，也没买枝，他没那心情。唯一陪伴自己上路的，只有一匹高大的河套骏马，以及一个鼓鼓囊囊的马褡子。

那日他决定出发去岭南之后，韩洄向他面授机宜了一番。李善德转天又去了上林署，一改唯唯诺诺的态度，让刘署令准备三十贯的驿使钱与出食钱。

刘署令勃然大怒，说："你是荔枝使，直接去找户部要钱啊，关上林署屁事？"李善德却亮出敕牒，指着那行"奉敕金荐李善德监事勾当本事"，说："这'金荐'二字是您写的，自然该先从上林署支取钱粮，上林署再去找度支司报销。"

刘署令还要呵斥几句，李善德却板起面孔，说："您不给我钱不要紧，但不要耽误了圣人的差遣啊。"刘署令嘴角抽搐几下，到底怂了，痛心疾首地从会食费里调了三十贯出来。

这些钱本来是给上林署官吏改善伙食的，被李善德强行划走三十贯，午餐品质登时下降一大截，整个上林署里怨声载道，骂声不绝。

不过李善德根本听不到这些，他离开上林署之后，又匆匆忙忙去了符玺局，以荔枝使的名义索要了一张邮驿往来符券。有了这券，官道上的各处驿站他便可以免费停留，人吃马嚼皆由朝廷承担。

这其实是一个财务上的疏漏——既然路上有人管吃住，上林署给的所谓"驿使钱"与"出食钱"，其实是不必要的。

但使职的妙处就在这里了，它超脱于诸司流程之外，符玺局不会跟上林署对账，上林署也没办法问户部虚实，三处彼此并不联通。

李善德用这些钱购买了一匹行脚马和一些旅途用品，余下的全数留给家人。只可惜他的本官品级实在太低，没法调用驿站的马匹，否则连马钱都能省下来。

奔走了一圈，李善德才真正明白，为何大家会为了使职差遣抢破头。他还没怎么做手脚，只利用流程上的漏洞，就赚了三十贯。韩洄骂那些使臣都是杀千刀的逃奴，着实贴切。

二月五日，李善德跨过灞桥，离开长安，毫不迟疑地向东疾奔而去。

他乃是算学及第，对数据最为看重，出发之前特意去了趟兵部的职方司，抄来了一份《皇唐九州坤舆图》与《天下驿乘总汇》，对大唐交通算是有了一个直观的了解。

其时大唐自长安延伸出六条主道，连通两京、汴州、幽州、太原、江陵、广州、益州、扬州等处，三十里为一驿，天下计有一千六百三十九间驿所，折下来总长是四万九千一百七十里。

圣人在诏书里说得明白，要岭南鲜荔枝。那么岭南距离长安有多远呢？李善德查得明白，离开长安之后，自蓝田入商州道，经襄州跨汉水，经鄂州跨江水，顺流至洪州、吉州、虔州，越五岭，穿梅关而至韶州，再到广州，全程一共是五千四百四十七里。

五千四百四十七里！如果一里折成一贯钱的话，他在长安的宅子可以买上一二十间！

李善德一想到这个距离，便心急如焚，催着马快跑。他没有长途跋涉的经验，不知道再神骏的宝马，这么持续奔跑也要掉膘，蹄子更受不了。最后他不得不放缓速度，还心疼地自掏腰包，让驿站多提供几斛豆饼。

即使如此，在他抵达鄂州时，那匹马终究抵受不住，在纷纷扬扬的春雨中栽倒在地。李善德别无他法，只得将其卖掉，另外买了头淮西骡子。骡子坚韧，只是速度委实快不上来，任凭李善德如何催促，一日也只能走六十里。总算天下承平日久，没有什么山棚盗贼作祟，他孤身一人，倒也没遇到什么危险。

这一路上山水连绵，景致颇多。倘若是杜甫去壮游，定能写出不少精彩诗句。可惜李善德的头上悬着一把铡刀，无心观景，白天埋头狂奔，晚上在驿馆里也顾不得看壁上的题诗，忙着研究职方司的资料和沿途地势、里程，希望从中找到机会。

只是越是研究驿路，李善德的心中越是冰凉。出长安时那股拼死一搏的劲头，随着钻研的深入，被残酷的现实打击得四分五裂。

其时大唐邮驿分作四等：驿使赍送，日行五百里；交驿赍送，日行三百五十里；步递赍送，日行二百里；最慢的日常公文流转，马日行七十里，步及驴五十里，车三十里。

即使是按照最快的"驿使赍送"，从岭南赶到京城也要十几天，新鲜荔枝绝送不过来。

朝廷倒是还有一种八百里加急，但只能用于最紧急的军情传递。职方司的记录显示：二十年内，唯一一次真正达到八百里速度的邮传，是王忠嗣在桑干河大破奚怒皆部，两千四百里路，报捷使只花了三日便露布长安。

当然，这种例子不具备参考价值。漠北一马平川，水少沙硬，飞骑可以一路扬鞭。而李善德自渡江之后便发现，南方水道纵横，山势连绵，别说兵部不给你八百里加急的权限，就算给了，你也跑不出速度。

李善德知道，自己是在跟一个不可能完成的任务作战，但他别无选择。为了挽救家人和自己的命运，李善德只能殚精竭虑，在数字中找出一线生机，他希望即使最终失败了，也不是因为自己怠惰之故。

一过鄱阳湖，他有了新发现。原来大江到了浔阳一带，可以通到鄱阳湖，而鄱阳湖又连接赣水，可以直下虔州。乘舟虽不及飞骑速度快，但胜在水波平稳，日夜皆可行进，算下来一昼夜轻舟也可行出一百五十余里，比骡马省事多了。他索性卖掉骡子，轻装上船，宁可多花些钱，也要把时辰抢出来。

一过虔州，李善德便看到前方一片峥嵘高绝的山，如一道苍翠屏障，雄峙于天地之间。这里即是五岭，乃是岭南与江南西道之间的天然界线。这五岭极为险峻，只在大庾岭之间有一条狭窄的梅关道，可资通行，过去便是韶州。

李善德穿过关口时，想起在长安时曾听过一段朝堂故闻。开元四年，张九龄辞官回岭南故乡，交通壅塞不便，遂上书圣人，在大庾岭开凿了一条"坦坦而方五轨，阒阒而走四通"的穿山大路。从此之后，岭南的齿革羽毛、鱼盐蜃蛤，都可以源源不断地流入中原。

更让李善德惊喜的是，一过五岭便有一条绵绵不断的 涟水，向南汇入溱水，溱水再入珠江，可以一路畅通无阻 地坐船直到广州城下。

三月十日，在路上奔波了一个多月之后，满面疲惫的 李善德终于进入广州城内。出发前鼓鼓囊囊的马褡子，如 今搭在他的右肩上，干瘪得不成样子；而那一身官袍，早 已脏得看不出本色了。

一算速度，他原本的那点侥幸登时灰飞烟灭。按这种 走法，再快三倍，运送新鲜荔枝也不可能。

广州这里气候炎热，三月便和长安五六月差不多。李 善德走进城里，只觉得浑身都在冒汗，如蚂蚁附身一般。 尤其是脖子那一圈，圆领被汗水泡软了，朝内折进，只要 稍稍一转动，皮肉便磨得生疼。

这广州城里的景致和长安可不太一样。墙上爬满藤蔓， 屋旁侧立椰树，还有琴叶榕从墙头伸出来。街道两侧只要 是空余处，便开满了木棉花、紫荆、栀子花、茶梅与各种 叫不上名字的花，几乎没留空隙，近乎半个城市都被花草 所淹没。

他找了个官家馆驿，先行入住。一问才知道，这里凭 符券可以免费下榻，但汤浴要另外收钱。李善德想想一会儿还要拜见岭南五府经略使，体面还是要的，只好咬咬牙，掏出袋中最后一点钱，租了个沐桶，顺便把脏衣服交给漂妇，洗干净明天再用。

广州这里的驿食和中原大不相同，没有面食，只有细米，少有羊肉，鸡羹鸭脯却不少，尤其是瓜果极为丰富，枇杷、甜瓜、白榄、林檎……堆了满满一大盘子，旁边还搁着一截削去外皮的甘蔗，上头撒着一撮黄盐。这在长安城里，可是公侯级的待遇了。

他随口问了一句有荔枝没，侍者说还没到季节，大概要到四月份才有。

李善德也不想问太多，他在路上吃了太多干粮，急需进补一下。他撩开后槽牙，风卷残云一般吃起来。酒足饭饱之后，沐桶也已放好了热汤。岭南这边很会享受，桶底放了切成碎屑的沉香，旁边芭蕉叶上还放着一块木棉花胰子。

李善德整个人泡进去，舒服得忍不住"哎呀"了一声。只见蒸汽氤氲，疲意丝丝缕缕地从四肢百骸冒出，混着油腻的汗垢脱离躯体，漂浮到水面上来。有那么一瞬间，他浑然忘了运送荔枝的烦恼，只想化在桶里再也不出来。

一夜好眠。次日起来，李善德唤漂妇把衣袍取来，漂妇却像看傻子一样看他。李善德发了怒，以为她要贪墨自己官服，漂妇叽里咕噜说的当地土话，他也听不懂。两人纠缠了半天，最后漂妇把李善德拽到晾衣架子前头，他才尴尬地发现真相。原来岭南和长安的气候截然不同，天气溽热，衣服一般得晾上几天才会干。

没有官袍可用，李善德又没有多余的钱去买。他只好取出一把突厥匕首——这是杜甫当年在苏州蒸鱼时用的匕首，送给他防身——送去质铺，换来一身不甚合身的旧丝袍。

李善德穿着这一身怪异衣袍，别别扭扭地去了岭南五府经略使的官署里。这官署门前没有阀阅，也不立幡竿，只有两棵大大的芭蕉树，绿叶奇大，如皇帝身后的障扇一般遮着阔大署门。李善德手持敕牒，门子倒也不敢刁难，直接请进正堂。

一见到岭南五府经略使何履光，李善德登时眼前一黑。这位大帅此时居然箕坐在堂下，抱着一根长长的甘蔗在啃。他上身只披了一件白练汗衫，下面是开裆竹布裤子，两条毛腿时隐时现。

早知道他都穿成这样，自己又何必去破费多买一身官袍。李善德心疼之余，赶紧恭敬地把敕牒递过去。

何履光皮肤黝黑，额头鼓鼓的，像个寿星佬。他出生地比张九龄还要靠南，远在海岛之上的珠崖郡，居然能做到天宝十节度使之一，可以说是朝堂之上的一个异数。这样的奢遮人物，踩死他比踩死一只蚂蚁还容易。

何履光啃下一口甘蔗，嚼了几口，"啐"地吐到地上，这才懒洋洋地翻开敕牒："荔枝使？做什么的？"

李善德双手拱起，把来意说明。何履光把敕牒往地上一摔，沉着脸道："来人，把这骗子拖出去沉了珠江！"立刻有两个牙兵过来，如狼似虎地要把李善德拖走。他吓得往前一扑，身形迅捷得像猿猴一般，死死抱住甘蔗一头："节帅，节帅！"

何履光想把啃了一半的甘蔗拽回来，没想到这家伙看似文弱，求生的力气却不小，居然握着甘蔗秆子不撒手，无论那两个牙兵怎么拖拽都不松开。最后何履光没辙，把手一松，李善德抱着甘蔗，与牙兵们齐齐跌倒在地，四脚朝天。

何履光又是好气，又是好笑："你这个猴崽子，骗到本节帅头上，还不知死？"李善德躺在地上，声嘶力竭地大叫道："下官不是骗子！是正经从长安受了敕命来的！"

"休要胡扯。送新鲜荔枝去长安？哪个糊涂蛋想出来的蠢事？”

“是圣人啊……”

何履光大怒，抬起大脚丫子去踩李善德的脸：“连皇帝你都敢污蔑，好大的狸胆！”说到一半，他突然歪了歪脑袋，觉得有点蹊跷。圣人的脾性和从前大不相同，这几年问岭南讨要过许多稀奇古怪的玩意，都不太合乎常理，这次会不会要新鲜荔枝，也不好说……

他把脚抬起来，俯身把那张敕牒捡起来，拍拍上面的甘蔗渣，重新打开看了一番，啧啧赞叹：“做得倒精致，拿去丹凤门外发卖都没问题。”

李善德双手抓着地上红土，急中生智叫道：“这敕牒也曾在岭南朝集使流转过，节帅一查，便知虚实！”何履光叫来一个小厮，吩咐了几句，然后拖了张胡床在李善德对面坐下，继续啃着甘蔗道：

“你这敕牒真假与否，噗，其实无关紧要。假的，直接沉珠江；真的，我也没办法把新鲜荔枝送去长安，还是要把你干掉。”

李善德没想到他说得这么直白，先是瑟瑟地惊惧，过了一阵，反而坦然起来。这一路上他体验到了长路艰险，早知运送新鲜荔枝绝无可能，与其回去被治罪，倒不如在这里被杀，至少还算死于王事，不会连累家人。

一念及此，他息了辩解的心思，额头碰触在地，引颈受戮。

他这一跪伏，何履光反倒起了狐疑。他打量眼前这骗子，嘴里咔吧咔吧嚼个不停，却没动手。过不多时，一个白面文士匆匆赶到，对何履光道："查到了，内廷在二月初确实发过一张空白文书，讨要新鲜荔枝。那文书曾流转到岭南朝集使，他们不敢擅专，移文到司农寺去了。"

岭南朝集使是何履光在京城的耳目，每月都有飞骑往返汇报动态，这消息刚送回不久。

何履光看向李善德，突然一脚踹过去，正中其侧肋，登时让他在甘蔗渣里滚了几圈："呸！差点着了你的道。我若在这里宰了你，鲜荔枝这笔账，岂不是要算在本帅头上？你们北人当真心思狡黠。"

李善德强忍着痛，心中直叫屈。自己都俯首认命了，怎么还被说成心思狡黠啊……那文士在何履光耳畔说了几句，后者厌恶地皱皱眉头，把剩下的甘蔗扔在地上，走开了。

文士过去把李善德搀起来，拍拍他袍上的红土，细声道："在下是岭南五府经略使门下的掌书记赵辛民。李大使莅临岭南，在下今晚设宴，与大使洗尘。"李善德一阵愕然，自己刚被踏在地上受尽侮辱，这人怎么能面不改色地说出这种话来？

"大使莫气恼，本地有句俗谚，做人最重要的就是开心，此乃养生之道啊。"

"你……"

可李善德知道，掌书记虽只是从八品官，但在经略使手下位卑权重，轻易不可开罪，只好忍气吞声拱了拱手："设宴不必了。圣人敕命所限，在下还得履行王事，尽快把土贡办妥才是。"

他事先请教过韩洄。岭南每年都会有诸色土贡，由朝集使带去京城。如果设法把鲜荔枝归为"土贡"一类，那么经略府就有义务配合了。

赵辛民怎么会跳进这个坑里，他笑眯眯道："好教大使知。开元十四年圣人颁下过德音，岭南五府路迢山阻，不在朝集之限。所以这土贡之事，岭南是送不及的。"

"下官知道，鲜荔枝转运确实艰难。不过圣人和贵妃之所望，咱们做臣子的应该精诚合作，尽力办妥才是。"

赵辛民当即应允："这个自然！等下节帅给大使签一道通行符牒，只要是岭南管内，广、桂、邕、容、交五州无不可去之者，大使便可以大展拳脚了。"

李善德"呃"了一下，忽然不知该说什么才好了。

在出发之前，韩洄帮他推演过几种可能。"土贡"只是虚晃一枪，如果经略使不跳进这个坑，李善德正好可以抬出圣人和贵妃借势，让经略府提供经费——他心里一直有个计划，只是需要大量钱粮作为支持。

没想到这赵辛民滑不溜手，轻轻一转便滑过去了。他表面慷慨，主动开具了五府符牒，却避开了最关键的钱粮。说白了，我们给予你方便，你在岭南爱去哪儿去哪儿，圣人在面前也挑不出错，但运送鲜荔枝的事，我们一文钱不给，你自己晃荡去吧。

李善德不善应变，口舌也不利落，被赵辛民这么一搅，背好的预案全忘光了，站在原地直冒汗。远远的廊下何履光抱臂站着，朝这边冷笑。这北人笨得像只清远鸡，还妄想把经略府拖进鲜荔枝这摊浑水里？

何履光的思绪，到这里就停住了。能让一位经略使费神片刻，对一个从九品下的小官而言已是天大的体面。

李善德悻悻地回到馆驿，看着窗外的椰子树发呆。赵辛民倒是说话算话，半个时辰之后，便送来一张填好的符牒，随符牒送来的还有两方檀香木，说是赵书记私人赠送。

他敲打着两块木头，闻着淡淡清香，内心壅滞却无可排遣。杜甫鼓励他在绝境中劈出一条生路，李善德也是如此打算的，还拟订了一个计划。可现在岭南五府经略使拒绝资助，李善德就算想拼死一搏，手里都没武器。

"算了，本就是毫无成功可能的差遣。你难道还有什么期待吗？"

李善德在案几上摊开了纸卷，还是听韩洄的吧，沉舟莫救，先把放妻书写完是正经。他写着写着又哭起来，竟就这么伏案睡着了。

次日李善德一觉醒来，发现纸张被口水洇透。他正要抬袖擦拭，却猛然见一只褐油油的蜚蠊飞速爬过。这蜚蠊个头之大，几与幼鼠等同，与他在长安伙厨里见到的那些简直不似同种。李善德顿觉一阵冰凉从尾椎骨传上来，惊恐万状，整个人往后躲去。

只听哗啦一声，案几被他弄翻在地，案上纸砚笔墨尽皆散落，那放妻书被墨汁浇污了半幅，彻底废了。李善德一时大恸，觉得自己真是流年不利，太岁逆行，干脆去问问哪里是珠江，直接蹈水自投算了。

不料他刚披上袍子，腹部一阵鼓鸣，原来还没用过朝食。李善德犹豫片刻，决定还是做个饱死鬼的好，便正了正幞头，迈步去了馆驿的食处。

岭南到底是水陆丰美之地，就连朝食都比别处丰盛。每个客人都会分得一碗熬得恰到好处的粟米肉糜粥，里头拌了碎杏仁与蔗糖末，再配三碟淋了鸭油的清酱菜、一枚鸡子蒸白果，还有一合海藻酒。至于水果，干脆堆在食处门口，供人随意取用。

李善德坐在案几旁，细细吃着。既是人生最后一顿饭，合该好好享受才是。只可惜身在岭南，没有羊肉，如果能最后回一次长安，吃一口布政坊孙家的古楼子羊油饼，该多好呀。

一想起长安，他鼻子又酸了。这时对面忽然有人道："先生可是从北边来的？"李善德一看，对面坐着一个干瘦老者，高鼻深目，下颔三绺黄髯，穿一件三色条纹的布罩袍，竟是个胡商。看他腰挂香囊、指戴玉石的做派，估计身家不会少。

李善德"嗯"了一声，就手拿起鸡子剥起来。谁知这胡商是个自来熟，一会儿过来敬个酒，一会儿帮忙给剥个瓜，热情得很，倒让李善德有些不好意思。

其时广州也是大唐一大商埠，外接重洋三十六国，繁盛之势不下扬州，城中番商众多。这胡商唐言甚是流畅，自称叫作苏谅，本是波斯人，入唐几十年了，一直在广州做香料生意。

"若有什么难处，不妨跟小老说说。都是出门在外，互相能帮衬一下也说不定。本地有句俗谚，做人最重要的就是开心。"

"你们岭南怎么是个人就来这套！"李善德忍不住抱怨。苏谅突然用那只戴满玉石的大手压在李善德筷子上："先生……可是缺钱？"

这一句，直刺李善德的心口。他怔了怔："尊驾所言无差，不过我缺的不是小钱，而是大钱。你要借我吗？"

天下送客最好的手段，莫过于开口借钱。苏谅却毫无退意，反而笑道："莫说大钱，就是一条走海船，小老也做主借得。只要先生拿身上一样东西来换。"李善德本来抬起的筷子，登时停在半空。这家伙过来搭话，果然是有图谋的！

他在长安听说，海外的胡人最善鉴宝，向来无宝不到，今天这位大概要走眼了，居然找上一个穷途末路的老吏——我身上能有什么宝贝？

苏谅看出这人有些呆气，干脆把话挑明："昨日小老在馆驿之中，无意见到经略使麾下的赵书记登门，给先生送去五府通行符牒，可有此事？"

"这……这与你何干？"

"小老经商几十年，看人面相，如观肺腑。先生如今遇到天大的麻烦，急需一笔大款，对也不对？"

"嗯……"

"明人不做暗事。你要多少钱粮，小老都可以如数拨付，只求借来五府通行符牒，照顾一下自家生意。公平交易，你看如何？"

原来他盯上的，居然是这个……

为了不贻人口实，赵辛民给李善德的这张通行符牒，级别甚高。苏谅眼睛何其毒，远远地一眼便认出来了。若有商队持此符牒上路，五府之内的税卡、关津、码头等处一律畅通无阻，货物无须过所，更不必交税，简直就是张聚宝符。

李善德本想一口拒绝。开玩笑，把通行符牒借与他人冒用，可是杀头的大罪。可转念一想，自己本来就死路一条，多了这一道罪名又如何，脑袋还能砍两次不成？

苏谅见李善德内心还在斗争，伸出三根皱巴巴的指头："小老知此事于官面上有些风险，所以不会让你吃亏。先生开个价，我直接再加你三成。"

李善德明知对方所图甚大，却没法拒绝。他迅速心算了自己那计划所需的耗费，脱口而出："七百六十六贯！"

这数字有零有整，让老胡商忍俊不禁。世间真有如此实在的人，把预算当成决算来报。

"成交！"

老胡商毫不犹豫地答应下来。李善德立刻一阵后悔，自己还是低估了这张符牒对商人的潜在价值……看对方那个痛快劲，估计就算报到一千五百贯，对方也会吃下。

"跟先生做生意太高兴了。唐人以诚信为本，三杯吐然诺，五岳倒为轻啊。"苏谅为了堵住李善德的退路，抬出了李太白。

"我……我……"李善德支吾了几句，终究没敢反悔。这个老胡商是唯一的救命稻草，若是发怒走了，自己便真的希望断绝了。

"呵呵，先生是老实人，小老不占你便宜。七百六十六贯，再按刚才小老承诺的加三成，补上零头，一共给你一千贯如何？"

"七百六十六贯加三成，是九百九十六贯……"

苏谅一怔，这人是真不会讲话啊，我给你主动加了个零头上去，你还扣这些数？不过老胡商没流露半点情绪，大笑道:"好,就九百九十六贯。敢问先生是要现钱、轻货,还是粮食?"

大唐一直闹钱荒,一般来说这么大的交易,很少用现钱,要么折成绢帛等轻货,要么折成粮食。李善德想了想道:"钱不必给我。我想在广州当地买些东西,能否请您代为采买?"苏谅一口答应:"这个简单,你要什么?"

"待会儿我写个清单。"李善德又追问一句,"从您的渠道走,能不能给点折扣?"

"自然,自然。"苏谅捋了捋胡子,不知怎么评价这人才好。

三月十二日,两骑矮脚蜀马离了广州城,向着东北方向疾驰而去。

李善德仔细询问了当地人,得知岭南一带的荔枝种植,与中原劝农颇为不同。这里畲、瑶、黎、苗等族甚多,以"峒人"统而称之。他们出入山林,部落散聚,官府连编户造籍都做不到,更别说推行租庸调之制了。

所以经略府干脆用扑买的法子,每年放出几十张包榷状,各地商贾价高者得。商贾拿了包榷状,去雇峒人种植诸色瓜果,所得不必额外交税。如此一来,官府减少了事端,还可以预收榷税;商贾种植越多,收益越多,无不争先恐后；而峒人们只要垦地种果，便有稳定收入，山中所缺的盐、茶、药、酒亦可以源源不断进来，可谓是皆大欢喜。

这些峒人习惯了种植，便不会回山林去过苦日子，自然会依附王土。从此道德远覃，四夷从化。李善德暗自感慨，这何履光看似粗豪，心思却缜密得很啊！

当地人说，峒人们种植荔枝最多的地方，是在增城以北一处叫作石门山的地方。李善德打听清楚之后，连夜拟订了清单，请苏谅代为采买物资。自己则买了两匹蜀马，寻了个当地向导，直奔石门山而去。

岭南官路两侧随处可见灌木藤萝，这些浓郁的绿植层层叠叠，填塞几乎每一处角落，生机勃勃如浪潮扑击。灞桥柳若生在此地，必无薅秃之虞。

蜀马不快，两骑走了大半天，总算远远望见了石门山的轮廓。导游指着道路两侧的大片绿树道："这便是荔枝树了，只是如今刚刚开花，还未到过壳的时日。"

李善德不由得勒住缰绳，原来这便是把自己折磨欲死的元凶了。

他抬眼仔细观察，这些荔枝树树干粗圆，枝冠蓬大，像一个圆蟆头扣在幡竿之上。一簇簇似羽长叶从灰黑色的树干与黄绿色的枝权间伸展出来，密不透风。此时虽非出果之日，但花期已至。只见叶间分布着密密匝匝的白花，这荔枝花几乎不成瓣，像一圈毛茸茸的尖刺插在杯状花萼之上。

这副尊容实在不堪，恐怕难以像牡丹、菊花一样入得诗人之眼。就算是杜子美亲至，大概也写不出什么吧？李善德心想。

向导告诉李善德，这里种荔枝最有名的，不是几处大庄子，而是石门山下一个叫阿僮的峒女。她种的荔枝又大又圆，肉厚汁多，远近口碑最好。不过她的田地不大，只得三十几亩，产出来的荔枝只特供给经略府。

李善德冷笑了一下，他既有了荔枝使的头衔，为圣人办事，经略府是不敢来争的。他一抖缰绳，朝着那边疾驰而去。

阿僮的荔枝田是在石门山一处向阳的外麓，山坳处有一道清澈溪水穿行，田庄恰在溪水弯绕之处。下足取水，侧可避风，可以说是一块风水上好的肥田。这田中不知多少棵荔枝树，间行疏排，错落有致，每一棵树下都壅培着淤泥灰肥，可见主人相当勤快。

他们走进田里，先是三四个峒家汉子围过来，面带不善。导游说明来意之后，他们才将信将疑地让开一条路，说僮姐正在里面系竹索。

李善德翻身下马，徒步走进荔枝林几十步，只看到树影摇曳，却没找到什么人。他疑惑地抬起头来，发现树木之间多了许多细小的线，犹如蛛网。李善德好奇地伸手去扯，发现这线还挺坚韧，应该是从竹竿抽出来的。

"嘿，你是石背娘娘派来捣乱的吗？"

一个俏声忽地从头顶响起，由远及近，好像直落下来似的。李善德吓得下意识往旁边躲闪，"噗"的一声，踏进树根下的粪肥里。这粪肥是沤好晾晒过的，十分松软，靴子踩进去便难以拔出来。

他踩进粪肥的同时，一个黑影从树上跳下来。原来是一个秀丽女子，二十出头，身穿竹布短衫，手腕脚踝都裸露在外，肌肤色泽如小麦，右膀子上还挎着一卷缠满竹索的线轴。

她看到李善德的窘境，先咯咯大笑，然后伸手扯住他衣襟往后一搋，连人带腿从粪堆里拉出来。

"我是阿僮，你找我做什么？"女子的中原话颇为流利，只是发音有点怪。

"什么，什么石背娘娘？"李善德惊魂未定，靴子尖还滴着恶心的汁液。

阿僮左顾右盼，随手从树干上摘下一只虫子，这虫子有桃核大小，壳色棕黄，看着好似石头一样。"就是这东西，你们叫椿象，我们叫石背娘娘，最喜欢趴在荔枝树上捣乱。眼看要坐果了，必须把它们都干掉。"

她手指一搓，把石背娘娘捻成碎渣，然后随手在树干上抹了抹。李善德镇定下精神，行了个叉手礼："吾乃京城来的钦派荔枝使，这次到岭南来，是要土贡荔……"

"原来是个城人！"

峒人管住在广州城的人叫城人，这绰号可不算亲热。李善德还要再说，阿僮却道："荔枝结果还早，你回去吧。"

李善德碰了个软钉子，只好低声下气道："那么可否请教姑娘几个问题？"

"姑娘？"阿僮歪歪头，经略府的人向来喊她作獠女，不是好词，这一声"姑娘"倒还挺让她受用的。她低头看看他靴子上沾的屎，忽然发现，这个城人没怒骂也没抽鞭子，脾气倒真不错。

她把线轴拿下来，随手扔到李善德的怀里："你既求我办事，就先帮我把线接好。"李善德愕然，阿僮道："前阵子下过雨，石背娘娘都出来了，所以得在树间架起竹索，让大蚂蚁通行，赶走石背娘娘。"

原来那些竹索是干这个用的，李善德恍然大悟。孔子说"吾不如老农"，这农学果然学问颇深。他是个被动的性子，既然有求于人，也只好莫名其妙跟着阿僮钻进林子里。

他年过四十，干这爬上爬下的活委实有点难，只好跟着阿僮放线。她一点都不见外，把堂堂荔枝使使唤得像个小杂役似的。两人一直干到日头将落，才算接完了四排果树。李善德一身透汗，气喘吁吁，坐在田边直喘气，哪怕旁边堆着肥料也全然不嫌弃。

阿僮笑嘻嘻递来一个竹筒，里面盛着清凉溪水。李善德咕咚咕咚一饮而尽，竟有种说不出的惬意。

夕阳西下，其他几个峒家汉子已在果园前的守屋里点起了火塘，火塘中间插着十来根细竹签，上头插着山鸡、青蛙、田鼠，居然还有一条肥大的土蛇，诸色田物上撒满茱萸，烤得吱吱作响。李善德心惊胆战，只拿起签子上的山鸡肉吃，别的却不敢碰。其他人大嚼起来，吃得毫无顾忌。

早听说百越民风彪悍，生翅者不食蟆头，带腿者不食案几，余者无不可入口，虽有夸张，确是有本可据。

阿僮吃蛇肉吃饱了，抹了抹嘴，伸脚踢了一下李善德：

"你这个城人，倒与别的城人不同。那些人来到荔枝庄里，个个架子奇大，东要西拿，看我们的眼神跟看狗差不多。"

李善德心想："我自己也快跟狗差不多了，哪里顾得上鄙视别人？"

阿僮又道："你帮我侍弄了一下午荔枝树，我很喜欢。有什么问题，问吧！"说完她斜靠在柱子上，姿态慵懒。屋头不知何处蹿来一只花狸，在她怀里打滚。

李善德掏出簿子和笔："有几桩关于荔枝物性的问题，想请教姑娘。"阿僮摸着花狸，抿嘴笑起来："先说好啊，我这里的果子早被经略府包下啦，不外卖。"

"我这差事，是替圣人办的。"

"圣人是谁？"

"就是皇帝，比经略使还大。他要吃荔枝，经略使可不敢说什么。"李善德掌握一点跟这班峒人讲话的方式了，直接一点，不必斟字酌句。

阿僮想不出比经略使还大是个什么概念，捶了捶脑壳，放弃了思考，说"你问吧"。

"荔枝从摘下枝头到彻底变味，大概要几日时间？"

"不出三日。到第四日开外便不能吃了。"

这和李善德在京城听到的说法是一致的。他又问道：

"倘若想让它不变味，可有什么法子？"

"你别摘下来啊。"阿僮回答，引得周围的峒人大笑。李善德也不知道这有什么好笑的。

"……我就是问摘掉之后怎么保存啊！"他烦躁地抓了抓头发，上头沾满了碎叶和小虫。

阿僮借着火光端详他片刻："你是第一个在这里做过农活的城人，阿僮就传授给你一个峒家秘诀吧！"李善德眼睛一亮，连忙拿稳纸笔："愿闻其详。"

"你取一个大瓮，荔枝不要剥开搁在里面，将瓮口封好，泡在溪水里，四日内都可食用。"

李善德一阵泄气，这算什么秘诀。上林署的工作之一就是瓜果储鲜，浸水之法早就有了，还用得着这峒女教吗？

阿僮见李善德不以为意，有些恼怒。她挪开花狸的大尾巴，凑到他跟前："城人，我再说个秘诀给你，这个不要外传，否则我下蛊治你。"李善德点头静待，阿僮得意道："放入大瓮之前，先将荔枝拿盐水洗过，可保五日如鲜。"

李善德一阵失望。密封、盐洗、浸水……这些法子上林署早就用过，但只济一时之事。可惜岭南炎热无冰，不然还有一个冰镇之法。他感觉自己比发问前知道得更少了。

阿僮大为不满，举起花狸爪子去挠他："你这人太贪，得了这许多好处都不满意吗？"

李善德躲闪着狸爪，只好把自己的真实要求说出来。阿僮对长安的远近没概念，更不知五千里有多远，但她一听要在路上跑十多天，立刻摆了摆手道："莫想了，荔枝都生虫啦。"

"你们峒人真的没办法让荔枝长时间保鲜吗？"

阿僮叽里咕噜地跟其他人转述了一下，众人皆摇摇头。岭南这里，想吃荔枝随手可摘，谁会去研究保鲜的法子。李善德叹了一口气，果然不该寄希望于什么山中秘诀，还是得靠自己。

他放弃了在保鲜问题上的纠缠，转到与自己的试验至关重要的一个话题上来："石门山这里的荔枝，最早何时可以结果过壳？"

过壳是指荔枝彻底成熟。阿僮没有立刻回答，招呼一个峒人出去，过不多时那人拿回来两朵荔枝花。阿僮把花摊在李善德面前："你看，这花梗细弱的，叫作短脚花，一般得六七月才有荔枝成熟；花梗粗壮的那种，叫长脚花，四五月便可有果实结出。"

"还有没有更早的？"

"更早的啊，有一种三月红，三月底即可采摘。我田里也套种了几棵，现在已经坐果了。"阿僮说到这里，厌恶地撇了一下嘴，"不过那个肉粗汁酸，劝你不要吃。我们都是酿酒用。"

"这种三月红，不管口味的话，是否可以再催熟得早一些？"

阿僮支起下巴，想了一阵："有一种圆房之术。趁荔枝尚青的时候摘下来，以芭蕉为公，荔枝为母，混放埋进米缸里，可以提前数日成熟。这就和男女婚配一样，圆过房，自然便熟了。"

阿僮说得坦荡自然，倒让李善德闹了个大红脸，他心想到底是山民，催熟果子也要起这种淫乱的名字。

他问得差不多了，放下纸笔，吩咐导游把蜀马上几匹帛练卸下。阿僮看到里面有一匹粉练，喜得连花狸也不要了，冲过去把粉练扯开围住自己身子，犹如裙裾，就着火光来回摆动。

"这是送阿僮姑娘你的礼物。"

"聘礼吗？"阿僮看向李善德，目光灼灼。

"不，不是！"李善德吓得慌忙解释，"这是给姑娘你预支的酬劳。我要买下这附近所有的三月红，你帮我尽早催熟，越早越好。"

"唉，买卖啊!"阿僮把粉练披在背上，小嘴微微噘起，"我还以为，总算有个肯干活的城人，能帮我一起侍弄庄子呢。"

"阿僮姑娘国色天香，自有良配，老朽就算了，算了……"李善德擦擦额头上的汗水。若让夫人误会自己来岭南纳妾，不劳圣人下旨，他早已魂断东市狗脊岭——长安杀死刑犯的地方。

"行吧，行吧! 你这人真古怪。"

阿僮嘟囔了几句，出去安排。临走之前，她恼火地伸脚踢了踢那花狸，花狸非但不跑，反而就势躺倒在地，露出肚皮。

李善德靠在火塘旁，正打算假寐片刻，却看到那花狸露着肚皮，威严地歪头盯着自己。他在长安做惯了卑躬屈膝的小官，发现它颐指气使的眼神竟与自己的上司一样。多年的积习，让他鬼使神差地凑过去，伸手去摸花狸的肚皮。李善德做小伏低，把那花狸伺候得呼噜一阵紧似一阵。

漫漫长夜，居然就这么撸过去了。

转眼时历翻至三月十九日，又是个艳阳热天。

阿僮怀里抱着花狸，在官道路口等候。在她身后，一字排开十个水缸，水缸里泡着近一百斤已催熟的三月红。按照李善德的要求，这些果子事先还用盐水洗过一遍。

很快从远处传来密集的马蹄声，一支马队转瞬而至。

阿僮看到为首的除李善德之外，还有个老胡商。二人身后四名骑手皆是行商装扮，坐骑与岭南常见的蜀马、滇马不同，是高大的北马。这些马的背上搭着一条长席，席子两侧各吊着一个藤筐，筐内各放一个窄口矮坛，旁边还捆了一圈六七个拳头大小的小坛子。

马队到了近前，李善德向阿僮打了个招呼。阿僮发现他脸色苍白，双眼周围一圈灰黑，连头发都比之前斑白了几分。她怀里的花狸叫了一声，可李善德没有看过去，一脸严肃地发出指令。

那些骑手纷纷下马，从水缸里捞出荔枝。只见荔枝个个鳞斑突起，艳红如丹，确实是熟得差不多了。他们从腰间取出一沓方纸，把荔枝一个个包住，然后放入坛中。

阿僮忽然发现，马匹一动起来，那坛子里会有咣当咣当的水声。她大惊，赶紧对李善德道："荔枝泡在水里超过一日，就会烂了。"李善德微笑道："不妨事，不妨事，这是特制的双层瓮，外层与里层之间灌满了水，可以保持水汽。"

他笑得自然，心却有点疼。这双层瓮造价可不低，一个得一贯三百几钱，广州城里没有，只有胡人船上才有。

"城人你到底要做什么？"阿僮不太明白。

李善德摆摆手，示意等一会儿再说。等到骑手们都装完了，他冲老胡商一颔首。苏谅走到骑手们面前，手掌轻压，沉声道："出发！"

四个骑手拨转马头，各自带着两个坛子以冲锋的速度朝着北方疾驰。一时间尘土飞扬，马蹄声乱。待得尘埃重新落回地面之后，骑手已变成了远处的四个黑影。过不多时，黑影们似乎分散开来，奔往不同的方向。

李善德望着消失的黑影们，眼神就像一个穷途末路的赌徒，紧盯着一枚高高抛起尚未落地的骰子。

"子美啊，我如你所愿，在此拼死一搏了。"他喃喃道。

李善德在四十多年的人生里，一直在跟数字打交道。及第是明算科，入仕后每日接触的都是账册、仓簿、上计、手实……他不懂官场之术，不谙修辞之道，他这一生熟悉的只有数字，也只信任数字，当危机降临时，他唯一能依靠的，亦只有数字。

从京城到岭南的漫长旅途中，李善德除了记录沿途里程，一直在思考一件事："荔枝转运的极限在哪里？"

无论是刘署令、韩十四还是杜甫，所有人都认为新鲜荔枝太易变质，不可能运到长安。这个结论没错，但太含糊了，没有人能给出一个详尽的回答。事实上，当李善德严肃地深入思考这个问题时，他才发现它复杂得惊人。

什么品种的荔枝更耐变质？何时采摘为宜？用飞骑转运，至少要多快的速度？与荔枝重量有何关系？飞骑是用稳定性更好的蜀马、滇马，还是用速度更快的云中马、河套马？是走梅关道入江西，还是走西京道入湖南？是顺江上溯至鄂州，还是直上泸州？倘若水陆交替，路线如何设计最能发挥运力？每一条路，在荔枝腐坏前最远可以抵达何处？

从荔枝品种到储存方式，从转运载具到转运路线，从气候水文到驿站调度，无数变量彼此交错，衍生出恒河沙数的组合可能。李善德在途中就意识到，这件事要搞明白，纸面计算无用，必须做一次试验才能廓清。

单就试验原理来说，它并不复杂。因为把新鲜荔枝运送到长安，只有两个办法：延缓荔枝变质的时间，以及提高转运速度。

对于第一点，李善德并没有太多好办法。峒人的秘诀不靠谱，他唯一的收获是在胡商的海船上发现了一种双层瓮。这种瓮本来用于海运香料，以防味道散失，李善德觉得运荔枝正合用。先将荔枝用盐水洗过，放入内层，坛口密封；然后在外层注入冷水，每半日更换一次，可以让瓮内温度不致太热。

目前也只能做到这程度了。

而第二点，才是真正的麻烦。

他通过苏谅帮忙，购置了近百匹马，雇了几十名骑手以及数条草撇快船，一共分作四队。他们将携带装满了荔枝的双层瓮，从四条路同时出发。

第一支走梅关道，走虔州、鄂州、随州，与李善德来时的路一致；第二支走西京道，这是一条东汉时修建的古道，自乳源至郴州、衡州、潭州而至江陵，是直线距离最近的一条；第三支也走梅关道，但过江之后，直线北进至宿州，加入大唐的江淮漕运路线，沿汴河、黄河、洛水至京城；第四支则直接登舟，由珠江入滦水、浈水，过梅关而入赣水，至长江上溯至汉水、襄州，再转陆运走商州道。

这四条路线，各有优劣。李善德并不奢求能够一次走通，只想知道新鲜荔枝最远可以运到哪里。

阿僮今日看到的，只是始发的四个骑手。其他的马匹、骑手与船只已先一步出发，配置在各条路线的轮换节点上。李善德提出的要求是，不要体恤马力，跑到荔枝彻底变质为止。为此他还设置了阶级赏格，以激励骑手。

这样一来，可以勉强模拟出朝廷最高等级的驿递速度。

如此实行，饶是李善德精打细算，成本也高得惊人。一匹上好北马在广州的价格，约是十三贯；一名老骑手，一趟行程跑下来，至少也要五贯。倘若算上草料钱、辔鞍钱、路食钱、柴火钱、打点驿站关卡的贿赂，以及行船所产生的诸项费用，所费更是不赀。

这还只是跑一趟的支出。如果多来几次，费用还会翻番。

所以李善德最初的想法，是请经略府来提供资助。可惜何节帅袖手旁观，他也只能铤而走险，选择与胡商合作。

事实上，对整个计划的吞金速度，李善德还是过于乐观了。他卖通行符牒的那点钱，很快便用尽了。最后苏谅提出一个办法，先贷两千五百贯给他，但李善德得再去一次经略府，再去讨四张空白的通行符牒来。

李善德二话没说就同意了，挥笔签下钱契，他整个人早就麻木了。之前九百九十六贯的福报，在他看来只是等闲，招福寺那两百贯香积钱，更是癣疥之疾。

解决了钱款的问题之后，李善德便投入没日没夜地筹划调度中，整个人足足忙了七天，几乎累到虚脱。一直到此时马队正式出发，李善德才稍稍放松了心神。人已尽力，静待天命便是。

他从阿僮手里接过花狸，抱在怀里轻轻挠着它的下巴，感觉有一丝莫名的愉悦注入体内。

"阿僮姑娘，真是多谢你。若没有你告诉我三月红和催熟之术，只怕我已经完蛋了。"

李善德说的不是客套话。他最大的敌人，是时间。这个试验，必须携带荔枝，随时观察其状态。如果等到四月底荔枝熟透后才开始行动，绝无可能赶上六月一日的贵妃诞辰。阿僮的这两个建议，帮他抢出来足足一个月的时间。

阿僮得意地昂起头，大大方方等着他继续表扬。可半晌没动静，她恼怒地移动视线，却发现李善德摩挲花狸的手在微微抖动。

"你是怎么了？病了？"

李善德勉强挤出一个笑容："不，我是在害怕。我这辈子，从来没花过这么多钱在一件毫无胜算的事情上。"

"没胜算的事，你干吗还干？"阿僮觉得这个城人简直不可理喻。李善德长长吐出一口气，仿佛要吐出胸口所有的块垒。那疲惫到极点的神情，反让他眉宇间挤出一丝坚毅。

"就算失败，我也想知道，自己倒在距离终点多远的地方。"

第三章

"第四路，已过浔阳！荔枝流汁！"

一个仆役抱着信鸽，匆匆跑进屋子，报告最新传回的消息。李善德从案几后站起来，提起墨笔，在墙上的麻纸上点了个浓浓的黑点。

这面土墙上贴的，是一张硕大的格眼簿子。那格眼簿子顶上左起一列，从上至下分别写的是一路、二路、三路、四路；顶上一排，自左至右写着百里、二百里、三百里……彼此交错，形成一片密密麻麻的格子。

这是李善德发明的脚程格眼。那四队撒出去之后，除了大瓮，还带了同样规格的一批小瓮，每到一地，开启一个小瓮检查状态，便放飞一只信鸽回报。李善德在广州一收到消息，立刻按里程远近，用四色笔填入格眼。黑圈为不变，赭点为色变，紫点为香变，朱点为味变，墨点为流汁。

如此一来，每队人马奔出多远，荔枝变化如何，便一目了然。

李善德退后一步，审视良久，长长地发出一声叹息。在前五百里，四路进展还算不错，格眼中皆是黑圈，可随着里程向前延伸，圆点如荔枝一样，开始陆续发生了变化。一旦出现朱色，就意味着荔枝不再新鲜了。

一个刺眼的墨点出现在簿子上，说明荔枝彻底坏掉，这一路已告失败。

出乎李善德意料的是，这一路居然是事先寄予厚望的水路。在出发后第四日下午，他们冲到了浔阳口，可惜还没来得及入江，荔枝便已变味。前后一千五百八十七里，日行近四百里。

按李善德的设想，行舟虽然不及驰马，但可以日夜兼程，均速不会比陆运慢多少。可他飞速拿起九州舆图复盘时，发现自己忽略了一件事：从虔州至万安一段，有一段"十八险滩"，江中怪石如精铁，突兀嶙峋，错峙波面。过往船只无不小心翼翼，往往要半天之久方能过去。

当然，即使避开这一段，未来也甚为可虑。之前李善德测算过，他从鄂州入江，顺流直下，可以日行一百里。但如果按这条路线返回，则必须溯流逆行，只能日行五十里，这还是赶上风头好的时候。

李善德一阵叹息。如果有足够的时间和人手，这些问题都可以预料到。可让他一个人在七天设计出四条长路来，实在太分身乏术。

唯一让他略感安慰的是，双层瓮确实发挥了作用，让荔枝的腐坏延缓了一日，四日才开始流汁。虽然这聊胜于无，但就如同攒买宅钱，都是一点一点计较出来的。

他搁下毛笔，负手走到窗边。湿暖的气息令天空更显蔚蓝，每次一有黑影掠过云端，他的心便猛地跳动一下。今天是三月二十五日，距离试验队伍出发已过去六日，差不多到了荔枝保鲜的极限。理论上，四路结果都应该出来了，信鸽随时可能出现。

这时苏谅拎着食盒一脚踏进院来，看到李善德仰着脖子在等信鸽，不由得笑道："先生莫心急，鸽子不飞回来，岂不是好事？说明骑手走得更远啊。"李善德知道老胡商说得有道理，只是一只靴子高悬在上，不落下来，心里始终不踏实。

苏谅把食盒打开，取出一碗蕉叶罩着的清汤："本地人有句俗话：做人最重要的就是……"

"开心是吧？别啰唆了，我都听出耳茧了。"

"事已至此，先生不必过于挂虑。我煲了碗罗汉清肺汤，与你去去火气。"

"谁能给我下碗汤饼吃啊。"李善德抱怨。岭南什么都好，就是面食太少。不过他到底还是接下老胡商的汤，轻轻啜了一口，百感交集。

他自从接了这荔枝使的差遣，长安朝廷也不管，岭南经略府也不问，只有这老胡商和那个小峒女给予了实质性的帮助。他正要吐露感激，老胡商慢条斯理道："这边小老代你看着，保证一只鸽子也错不过。先生喝完汤，还是出去转转吧，毕竟是敕封的荔枝使，经略府那边总不好太冷落。"

李善德的笑意僵在脸上，原来老胡商是来讨债的。他为了这个试验，贷了一笔巨款，现在得付出代价了。果然是生意场上无亲人啊……他抹抹嘴，起身道："有劳苏老，我去去就回。"

一想到要从经略府那里讨便宜，他就觉得头疼。可形势逼人，不得不去，只好赶鸭子上架了。

"先生要记得。跳胡旋舞的要诀，不是随乐班而动，而是旋出自己的节奏。"老胡商笑吟吟地叮嘱了一句。

再一次来到经略府门口，李善德这次学乖了，不去何履光那触霉头，径直去找掌书记赵辛民。可巧赵辛民正站在院子里，挥动鞭子狠抽一个昆仑奴，抽得鲜血四溅，哀声连连。

赵辛民一见是李善德，放下鞭子，用丝巾擦了擦手，满面笑容迎过来。李善德见赵辛民袍角沾着斑斑血迹，不敢多看，先施了一礼。赵辛民见他表情有些僵，淡然解释了一句："这个蠢仆弄丢了节帅最喜欢的孔雀，这也还罢了，他居然妄图拿山鸡来蒙混。节帅最恨的，不是蠢材，就是把他当蠢材耍的人，少不得要教训一下。"

李善德不知他是否有所意指，硬着头皮道："这一次来访，是想请赵书记再签几张通行符牒，方便办圣人的差事。"

"哦？原来那张呢？大使给弄丢了？"赵辛民的腔调总是拖个长尾音，有阴阳怪气之嫌。

李善德牢记老胡商的教诲，不管赵辛民问什么，只管说自己的："尊驾也知道，圣上这差事，委实不好办，本使孤掌难鸣啊。手里多几份符牒，办起事来更顺畅。"赵辛民一抬眉，大感兴趣："哦？这么说，新鲜荔枝的事，竟有眉目了？"

"本使在石门山访到一个叫阿僮的女子，据说她种的荔枝特供给经略府。圣人对节帅的品位，一向赞不绝口。节帅爱吃，圣人一定也爱吃。"

赵辛民闻言，面露暧昧："我听说峒女最多情，李大使莫非……"李善德忙把面孔一板："本使是为圣人办事，可顾不得其他。"

赵辛民原本很鄙夷这个所谓"荔枝使"，但今日对谈下来，发现这人倒有点意思。他略加思忖，一展袖子："此事好说，我代节帅做主，这一季阿僮田庄所产，全归大使调度。"言外之意，你能把新鲜荔枝运出岭南，便算我输。

李善德达成一个小目标，略微松了口气，又进逼道："本使空有鲜货，难以调度也不成啊。还请经略府行个方便，再开具几张符牒，不然功亏一篑，辜负圣人所托呀。"

他句句都扣着皇上差事，那一句"辜负圣人所托"也不知主语是谁。这位掌书记稍一思忖，展颜笑道："既如此，何必弄什么符牒，我家里还有几个不成器的土兵，派给大使随意使唤。"

赵辛民这一招以进为退，不在剧本之内，李善德登时又不知如何回应了。他在心中哀叹，胡旋舞没转几圈，别人没乱，自己先晕了。赵辛民冷笑一声，这蠢人不过如此，转身要走，不料李善德突然捏紧拳头，大声道："人与符牒，本使全都要！"

这次轮到赵辛民愕然，怎么，这大使要撕破脸皮了？却见李善德涨红了面皮，瞪圆眼睛："实话跟你说吧！荔枝这差事，是万难办成的，回长安也是个死。要么你让我最后这几个月过得痛快些，咱们相安无事；要么……"他一指赵书记那沾了血点子的袍角，"我多少也能溅节帅身上一点污秽。"

这话说得简直比山贼匪类还赤裸凶狠。赵辛民被他一瞬间爆发出的气势惊得说不出话来。李善德喝道："若不开符牒也罢，请节帅出来给我个痛快。长安那边，自有说法！"说完径直要往府里闯。

赵辛民吓了一跳，连忙挽住他胳膊，把他拽回来："大使何至于此，区区几张符牒而已，且等我去要来。"说完提着袍角，匆匆进了府中。

李善德站在原地等候，面上波澜不惊，心中却有一股畅快通达之气自丹田而起，流经全身，贯通任督，直冲囟顶。原来做个恶官悍吏，效果竟堪比修道，简直可以当场飞升。

韩洄早教导过他，使职不在官序之内，恃之足以横行霸道。李善德因为性格老实，一直放不开手脚，到了此时终于忍不住爆发出来。

赵辛民回到府中时，何履光在竹榻上午睡方醒。他打着哈欠听掌书记讲完，两道粗眉微皱："咦，这只清远笨鸡，要这许多通行符牒做什么？"

"自然是卖给那些商人，谋取巨利。"赵辛民洞若观火。

"兔崽子！敢来占本帅的便宜！"何履光破口大骂。赵辛民忙道："他这个荔枝使做到六月一日，就到头了。他大概是临死前要给家人多捞些，便也不顾忌了。"

何履光摸摸下巴上的胡子，想起第一次见面，那家伙伏地等着受死，确实一副不打算活的样子。这种人其实最讨厌，就像蚊子一样，一巴掌就能拍死，但流出的是你的血。

他倒不担心在圣人面前失了圣眷。只是朝中形势错综复杂，万一哪个对手借机发难，岭南太过遥远，应对起来不比运荔枝省事。

"娘的，麻烦！"何履光算是明白这小使臣为何有恃无恐了。

"节帅，依我之见，咱不妨这次暂且遂了他的愿，由他发个小财。等过了六月一日，长安责问的诏书一到，咱们把他绑了送走，借朝廷定下的罪名来算这几份符牒的账。那些商家吃下多少，让他们吐出十倍，岂不更好？"

何履光喜上眉梢，连说："此计甚好，你去把他盯牢。"于是赵辛民先去了节帅堂，把五份通行符牒做好，拿出来送给李善德。李善德松了一口气，拿了符牒便要走，赵辛民又把他叫住，一指那捆在树上的昆仑奴："大使不是说人、牒都要吗？这个奴仆你不妨带去。"

李善德看了看，这个昆仑奴与长安的昆仑奴相貌不太一样，肤色偏浅，应该是林邑种，就是眼神浑浊，看着不太聪明的样子。他心想不拿白不拿，便点头应允。

赵辛民把那林邑奴的绳子解开，先用唐言喝道："从今日起，你要跟随这位主人，若有逃亡忤逆之举，可仔细了皮骨！"林邑奴诺诺称是。赵辛民忽又转用林邑国语道："你看好这个人。他有什么动静，及时报与我知，知道吗？"林邑奴愣了愣，又点了一下头。

苏谅正在馆驿内欣赏那张格眼图，忽见李善德回来了，身后一个奴隶还捧着五份符牒，便知事情必谐，大笑着迎出来。

"幸不辱命。"李善德神采飞扬，感觉从未如此好过。

"先生人中龙凤，小老果然没走眼——居然还多带了一个林邑奴啊。"苏谅接过符牒，仔细查验了一遍，全无问题。这五份符牒，就是五支免税商队，可谓一字千金。

林邑奴放下符牒，一言不发，乖乖退到门口去守着了。李善德着急催问："外面有新消息了吗？"苏谅道："鸽子都飞回来了，我已帮先生填入格眼。"他又忍不住赞叹道："你这个格眼簿子实在好用，远近优劣，一目了然。我们做买卖的，商队行走四方，最需要的就是这种簿子。不知老夫可否学去一用？"

"这个随你。"李善德可不关心这些事，他匆匆走到墙前，抬眼一看，墙上格眼都变成了墨点，字面意义上的全军尽墨。

第一路走梅关道，荔枝味变时已冲至江夏，距离鄂州一江之隔。

第二路走西京道，最远赶到巴陵，速度略慢，这是因为衡州、潭州附近水道纵横。不过它却是四路中距离京城最近的。

第三路北上漕路，是唯一渡过长江的一路，跑了足足一千七百里，流汁前奇迹般地抵达同安郡。但代价是马匹全数跑死，人员也疲惫到了极限，再也无法前进。

第四路走水路，之前说过了，深受险滩与溯流之苦，只到浔阳口。

李善德仔细研读了格眼内颜色与距离的变化关系，得出一个结论：在前两日的色变期，双层瓮能有效抑制荔枝变质，但一旦进入香变期之后，腐化便一发不可收拾了。四路人马携带的荔枝，都在第四天晚或第五天一早味变，可见这是荔枝保鲜的极限。

而这段时间，最出色的队伍也只完成了不到一半的路程，差距之大，令人绝望。

"看来有必要再跑一次！"

李善德敲击着案几，喃喃说道。他注意到老胡商脸色变了一下，急忙解释说，第二次不必四路齐出了，只消专注于梅关道与西京道的路线优化即可，费用没那么大。苏谅这才稍微松了一口气。

两者一个胜在路平，一个胜在路近。如何抉择，其实还取决于渡江之后去京城的路线。其中变化，亦是复杂。

两人嘀嘀咕咕，全然忘了门口一双好奇的眼睛，也在紧盯着那幅格眼图。

五日之后，三月三十日，两路重建起来的转运队，再次疾驰而出。这一次，李善德针对路线和转运方式都做了调整，两队携带着半熟的青荔枝，看它在路上能否自然成熟，为变质延后一点点时间。

阿僮望着他们远离的背影，忍不住咕哝了一句："这么多荔枝全都糟蹋了，你莫不是个傻子？"

"总要看到黄河才死心……不对，看到黄河说明已经跑过长安了。"李善德现在满脑子只有路线规划。

阿僮不明白这句的意思，但听语气能感觉到，这城人情绪很是低落。她一拍他后脑勺："走，到我庄上喝荔枝酒去！今天开坛，远近大家都去。"

"我就不去了，我想再研究下驿路图。"

"有什么好研究的！射出片箭放下弓，箭都射出去了，你还惦记啥？"

"可是……"

"你再啰唆，信不信在石门山一枚荔枝都买不到？"

阿僮不由分说，把花狸往李善德怀里一塞。花狸威严地瞥了这个男人一眼，李善德面对主君，只得乖乖听命。

两人一狸朝着荔枝庄走去，身后还跟着一个沉默的林邑奴。到了庄里时，一个不大的酒窖前已聚了好些峒人，人人手里带着个粗瓷碗或木碗，脸带兴奋。酒窖的上方，摆着一尊镏金佛像。

据阿僮说，每年三月底四月初，荔枝即将成熟，这是熟峒——种荔枝的峒人——在一年里最关键的日子。大家会齐聚石门山下，痛饮荔枝酒，向天神祈祷无蝙蝠鸟虫来捣乱。

这种荔枝酒，选的料果都是三月的早熟品种，不堪吃，但酿酒最合适。先去皮掏核，淘洗干净，让孩子把果肉踩成浆状，与蔗糖、红曲一并放入坛中，深藏窖内发酵。到了日子，便当场打开，人手一碗。

李善德一出现在酒窖前，立刻在人群里引起嬉笑。一个声音忽道："倘若想让它不变味，可有什么法子？"另一个声音立刻接道："你别摘下来啊。"又是一阵哄堂大笑。

这是当日李善德请教阿僮的原话。峒人的笑点十分古怪，觉得这段对答好玩，只要聚集人数多于三人，就会有两个人把对答再演一遍，余者无不捧腹，几日之内，这段对答传遍了整个石门山，成为最流行的城人笑话。

阿僮喝骂道："你们这些遭虫啃，这是我的好朋友，莫要乱闹！"李善德倒不介意，摸着花狸说："无伤大雅，无伤大雅。"长安同僚日常开的玩笑，可比这个恶毒十倍。假如朝廷开一个忍气吞声科，他能轻松拿到状元。

阿僮让李善德在旁边看着，然后招呼那群家伙开始祭拜。峒人的仪式非常简单，酒窖前头早早点起了一团篝火，诸色食物插在竹签上，密密麻麻竖在火堆周围，犹如篱笆一般密集。在阿僮的带领下，峒人们朝着佛像叩拜下去，一齐唱起歌来。

　　歌声旋律古怪，别有一种山野味道。李善德虽听不懂峒语，大概也猜得出，无非是祈祷好运好天气之类的。他忍不住想，当年周天子派采诗官去各地搜集民歌，他们听到的《诗经》原曲是不是也是同样的风格。

　　至于那个佛像，李善德开始以为他们崇佛，后来才知道，峒人的天神没有形象，所以就借了庙里的佛像来拜，有时候也借道观里的老君来，只要有模样就成，什么模样都无所谓……

　　祭拜的流程极短，峒人们唱完了歌子，把视线都集中在酒窖里，眼神火热。阿僮砸开封窖的黄泥，很快端出二十几个大坛子。峒人们欢呼着，排着队用自己的碗去舀，舀完一饮而尽，又去篝火旁拿签子，边排队等着舀酒边吃。

　　阿僮给李善德盛了一碗荔枝酒过来，他啜了一口，"噗"地喷了。刚才阿僮讲酿造过程，李善德就觉得不对劲，按说果酒发酵起码得三个月，怎么荔枝酒才入窖几天就能喝了？这一尝才知道，除红曲、蔗糖之外，峒人还在荔枝酒坛里倒入了大量米酒。

难怪七八日便可以开窖，这哪里是荔枝酒，分明是泡了荔枝的米酒。这些峒人，只是编造个名目酗酒罢了！

他们正热闹着，苏谅也来了，老胡商先是把进度跟李善德讲了几句，然后乐呵呵地捧出一坛酒："这些天忙得太紧张了，不如趁机歇歇。小老也带点家乡的美酒，大家一起凑个趣。"

他常年在海上行商，比李善德懂得如何鼓舞士气。这一坛波斯酒端出来，引得峒人纷纷发出欢呼，把大碗里的荔枝酒倒掉，争先恐后过来舀酒。这些汉子看着痴痴傻傻，在酒上可是一点都不含糊。

李善德其实也好酒，只是很少有畅饮的机会。诚如苏谅所言，这次转运试验的压力太大了，确实要放松一下才好。他给自己和苏谅各自舀了一碗荔枝酒，倚靠着荔枝树，笑着看峒人们热闹争抢的荒唐场面。

"李大使啊，你可真是个怪人。"苏谅一碗酒下肚，话多了起来，"我接触过那么多大唐官员，没有一个像你这样的。说你精明吧，你比他们都傻多了，傻到我都不忍心骗你；说你傻吧，你搞出这些名堂，我都没见过，回去跟其他商人一讲，个个都说好。"

李善德哈哈一笑："人家擅长的那些诗词歌赋、逢迎讨好，我一概不会。我是明算科出身，只会干明算科的事。您觉得好，尽管拿去，也不算我虚忙一场。"

苏谅侧过眼睛端详他一阵，忍不住感慨："明人不说暗话。刚开始，小老只是想从你那里弄来几份符牒，至于荔枝转运成不成，与我可没什么关系。后来眼见你开始做起事来，有些眉目了，小老也是为了日后有大收益，才提前投些钱货。你不会怪我钻到钱眼里吧？"

"这是说哪里话，若没有你的钱，我只怕已经去投珠江了，哪里还有今天？天下熙熙，皆为利来；天下攘攘，皆为利往。谈钱有什么不好？孔老夫子困在陈蔡之间，不也要借了钱粮，才能继续周游列国吗？"

苏谅见李善德眼睛有些发直，似是有了醉意，正要劝他别喝了，却不防被他按住："苏老丈，你这个恩情，我是要记一辈子的！呃，一辈子！"

苏谅稍微有些动容，拍了拍他的肩膀："你我虽然相识日短，而且是以利相交，但和你一起做事，实在是舒服、踏实。一件件事情，分剖得明明白白，没有虚头。我们商人，最重视的就是明白，做人最重要的就是开心，做事嘛，也要和明白人一起做，才开心。来，来，喝！"

两碗荔枝酒，咣地碰到一起，连碗都碰缺了一个口。

跟苏谅喝完这一通，李善德整个人醉醺醺的，起身晃荡着去舀酒，发现那个林邑奴站在旁边，直勾勾地盯着自己手里的碗。李善德笑道："痴儿莫不是也馋了？来，来，我敬你一碗酒！"然后舀了一碗荔枝酒，递到他面前。

林邑奴吓了一跳，伏地叩头，却不敢接："奴仆岂能喝主人的东西？"李善德嚷嚷道："什么奴仆！我他妈也是个家奴！有什么区别！今天都忘了，忘了，都是好朋友，来，喝！"强行塞给他。林邑奴战战兢兢地接过去，用嘴唇碰了碰，见主人没反应，这才咕咚咕咚一饮而尽。

也许是酒精的作用，这林邑奴忍不住发出一声尖啸声，似是畅快之极。李善德哈哈大笑，扔给他一个空碗，让他自去舀，然后晃晃悠悠朝着篝火走去。

此时几轮喝下来，篝火旁的场面已是混乱不堪，所有人都捧着酒碗到处乱走，要么大声叫喊，要么互相推搡，伴随着一阵一阵的笑声和歌唱声。

李善德正喝得欢畅，对面一个峒人跑过来，大声问道："你们长安，可有这般好喝的荔枝酒？"

"有！怎么没有?！"李善德眼睛一瞪，将烤好的青蛙咬下一条腿，咽下去道，"长安的果酒，可是不少呢！有一种用葡萄酿的酒，得三蒸三酿，酿出来的酒水比琥珀还亮。还有一种松醪酒，用上好的松脂、松花、松叶，一起泡在米酒里，味道清香；还有什么'石榴酒，葡萄浆。兰桂芳，茱萸香。愿君驻金鞍，暂此共年芳。愿君解罗襦，一醉同匡床……'"

他说着说着酒名，竟唱起乔知之的《倡女行》来。那些峒人不懂后头那些词什么意思，以为都是酒名，跟着李善德嗷嗷唱。李善德兴致更浓了，又喝了一大口酒，抹了抹嘴，竟走到人群当中，当众跳起胡旋舞来。

上林署的同僚们没人知道，这个老实木讷的家伙，其实是一位胡旋舞的高手。年轻时他也曾技惊四座，激得酒肆胡姬下场同舞，换来不少酒钱。可惜后来案牍劳形，生活疲累，不复见胡旋之风。

这一刻，他忘记了等待的贵妃，忘记了自己未知的命运，忘记了长安城市的香积贷，只想纵情歌舞，像当年一样跳一支无忧无虑的胡旋舞。只见夜色之下，跃动的篝火旁边，一个满脸褶皱的中年人单脚旋转，状如陀螺，飘飘然如飞升一般。

苏谅一边拍手打着节奏，一边用波斯语叫好，阿僮支着下巴，哧哧笑着看热闹，其他峒人一边欢呼着，一边围在李善德四周，像鸭子一样摆动身子，齐声高歌。歌声穿行于荔枝林间：

"石榴酒，葡萄浆。兰桂芳，茱萸香。愿君驻金鞍，暂此共年芳。愿君解罗襦，一醉同匡床。文君正新寡，结念在歌倡。昨宵绮帐迎韩寿，今朝罗袖引潘郎。莫吹羌笛惊邻里，不用琵琶喧洞房。且歌新夜曲，莫弄楚明光。此曲怨且艳，哀音断人肠。"

荔酒醇香，马车飞快，人们唱得无不眼睛发亮。李善德舞罢一曲，一挥手："等我回去长安，给你们搞些来喝！"众人一起欢呼。

这时阿僮也走过来，脸红扑扑的，显然也喝了不少。她"扑通"坐到李善德身旁，晃动着脖子："先说好啊，我要喝兰桂芳，听名字就不错。"

李善德醉醺醺道："最好的兰桂芳，是在平康坊二曲。可惜那里的酒哇，不外沽，你得送出缠头人家才送。我没去过，不敢去，也没钱。"

"那我连长安都没去过，怎么喝到？"

"等我把这条荔枝道走通吧！到时候你就能把新鲜荔枝

送到长安，得圣人赏赐，想喝什么都有了！"

阿僮盯着李善德，忽然笑了："你刚才醉的样子，好似一只山里的猴子。都是城人，你和他们怎么差那么多？"

"阿僮姑娘你总这么说，到底哪里不同？"

"你知道大家为什么来我这里喝荔枝酒吗？因为当年我阿爸是部落里的头人，他听了城人的劝说，从山里带着大家出来，改种荔枝，做了熟峒。大部分族人平日做事的庄子，都是包榷商人建的，日日劳作不得休息。所以大家一年只在这一天晚上，聚来我这里来放松一下。"

"你原来是酋长之女啊。"

"什么酋长，头人就是头人。"阿僮扫视着林子里的每一棵树，目光灼灼，"这庄子就是我阿爸阿妈留给我的，树也是他们种的，我得替他们看好这里，替他们照顾好这些族人，不让坏人欺负。"

李善德有些心疼地看着女子瘦窄的肩膀，看不出阿僮小小年纪，已经扛起这么重的担子了。

"我本以为我很苦，你逍遥自在，看来你也真不容易啊。"

"嘿嘿，只有你才会问这种问题。"阿僮挠了一下花狸的毛皮，促狭地眨了眨眼，"无论是经略府的差吏还是榷商，他们只算荔枝下来多少斤，多了贪掉，少了打骂，可从来没把我们当朋友，也没来我这里喝过酒、吹过牛，更不会问我这样的话。"

"我可不是吹牛！长安真的有那么多种酒！"

阿僮哈哈一笑："我劝你啊，还是不要回去了，新鲜荔枝送不到那边的。你把夫人孩子接来，躲进山里，不信那皇帝老儿能来抓。"

"不说这个！不说这个！"李善德迷迷糊糊，眼神都开始涣散了，"我现在就想知道，有什么法子，让荔枝不变味。"

"你别摘下来啊。"阿僮机灵回道。

李善德还是不知道，这段子哪里好笑。不过他此时也没法思考，一仰头，倒在荔枝树下呼呼睡去了。

到了次日，李善德醒来之后，头疼不已，发现自己居然置身于广州城的馆驿里。一问才知道，是林邑奴连夜把他扛回来的。一起带回来的，还有一小筐刚摘下来的新鲜荔枝。

李善德这才想起来，自己忙碌了这么久，居然还从来没吃过新鲜荔枝。阿僮家的荔枝个头大如鸡子，他按照她的指点，按住一处凹槽，轻轻剥开红鳞状的薄果皮，露出里面晶莹剔透的果肉，颤巍巍的，直如软玉一般。他放入嘴中，合齿一咬，汁水四溅，一道甘甜醇香的快感霎时流遍百脉，不由得浑身酥麻，泛出一层鸡皮疙瘩。

那一瞬间，让他想起十八岁那年在华山的鬼见愁，当时一个少女脚扭伤了，哭泣不已，他自告奋勇把她背下山去。少女柔软的身躯紧紧贴在他脊背上，脚下是千仞的悬崖，掺杂着危险警示与水粉香气的味道，令他产生一种微妙的愉悦感。

后来两人成婚，他还时时回味起那一天走在华山上的感觉。今日这荔枝的口感，竟和那时的感觉如此相似。

怪不得圣人和贵妃也想吃新鲜荔枝，他们也许想重新找回两人初识时那种脸红心跳的感觉吧？李善德嘴角露出微笑，可随即觉得不对，他俩初次相识，还是阿翁与儿媳妇……

李善德赶紧拍拍脸颊，提醒自己这些事莫要乱想，专心工作，专心工作。

六日之后，两路飞鸽尽回。

这一次的结果，比上一次好一些。荔枝进入味变期的时间，延长了半日；而两路马队完成的里程，比上次多了两百里。

有提高，但意义极为有限。

所有的数据都表明，提速已达到瓶颈，五天三千里是极限。

当然，如果朝廷举全国之力，不计人命与成本，转运速度一定可以再有突破。李善德曾在广州城的书铺买了大量资料。其中在《后汉书》里有记载，汉和帝时岭南也曾进贡荔枝，当时的办法就是用蛮力，书中写道："十里一置，五里一候，奔腾阻险，死者继路。"

但这种方式地方上无法承受，贡荔之事遂绝。也就是说，那只是一个理想值，现实中大概只有隋炀帝有办法重现一次这样的"盛况"。

李善德再一次濒临失败。不过乐观点想，也许他从来就没接近过成功。

他不甘心，心想既然提速到了极限，只能从荔枝保鲜方面再想办法了。

李善德把《和帝纪》卷好，系上丝带，放回架上的《后汉书》类里。在它旁边，还摆着《氾胜之书》《齐民要术》之类的农书，都是他花重金——苏谅的重金——买下来的。

他昏天黑地看了一整天，可惜一无所获。岭南这个地方实在太过偏僻，历代农书多是中原人所撰，几乎不会关注这边。李善德只好把搜索范围扩大到所有与岭南有关的资料。从《史记》的南越国到《士燮集》《扶南记》，全翻阅了一遍，知识学了不少，但有用的一点也无。

唯一有点意思的，是《三辅黄图》里的一桩汉武帝往事：当时岭南还属于南越国，汉军南征将之灭掉之后，汉武帝为了吃到荔枝，索性移植了一批荔枝树种到长安的上林苑，还特意建了一座扶荔宫。结果毫不意外，那批荔枝树在当年秋天就死完了。

巧合的是，汉代上林苑，与如今的上林署管辖范围差不多，连名字都是继承下来的。李善德忍不住想，这是巧合还是宿命轮回？几百年前的上林苑，或许也有一个倒霉的小官吏摊上了荔枝移植的差事，并为此殚精竭虑，疲于奔命。那些荔枝树死了以后，不知小官吏会否因此掉了脑袋。

可惜史书里是不会记录这些琐碎小事的。后世读者，只会读到"起扶荔宫，以植所得奇草异木"短短一句罢了。李善德卷书至此，不由得一阵苦笑，嘴里满是涩味。

阿僮那句无心的建议，蓦然在他心中响起："你把夫人孩子接来，躲进山里，不信那皇帝老儿能来抓。"——难道真要远遁岭南？李善德一时游移不决。他已经穷尽了一切可能，确实没有丝毫机会把荔枝送去长安。

拼死一搏，也分很多种，为皇帝拼，还是为家人拼？

到了四月七日，阿僮派了个人过来，说她家最好的荔枝树开始过壳了，唤他去采摘。李善德遂叫上林邑奴，又去了石门山。

此时的荔枝园，和之前大不相同。密密麻麻的枝条上，挑着无数紫红澄澄、圆滚滚的荔枝，在浓绿映衬之下娇艳非常。长安上元夜的时候，挂满红灯笼的花萼相辉楼正是这样的兴隆景象。李善德怔怔看了一阵，意识到这是个征兆，自己怕是再没机会见到真正的上元灯火了。

几十只飞鸟围着园子盘旋，想觑准机会大吃一顿，可惜迟迟不敢落下，因为峒人们骑在树杈上，一边摘着果子，一边放声歌唱。大多数人唱的是祭神歌，还有几个怪腔怪调的嗓门，居然唱着荒腔走板的《倡女行》。

"你们峒人还真喜欢唱歌啊……"

"什么呀！"阿僮白了他一眼，"这是为了防止他们偷吃！摘果子的时候，必须一直唱，唱得多难听也得唱。嘴巴一唱歌，就肯定顾不上吃东西啦。"

正巧旁边一棵树上的声音停顿，阿僮抓起一块石头丢过去，大吼了一声，很快难听沙哑的歌声再度响起。李善德一时无语，这种监管方式当真别具一格，跟皮鞭相比，说不上是更野蛮还是更风雅一些。

"对了，我下定决心了。我会把家人接过来，到时候还得靠姑娘庇护。"

阿僮大为高兴："你放心好了，我家是头领，不管是庄里的熟峒还是山里的生峒，都卖我面子，任你去哪儿。"

"我听说山里的生峒茹毛饮血，只吃肉食。若有可能，还是希望她们留在庄里。"

李善德重重叹息一声，只觉双肩沉重，压得脊背弯下去。让住惯了长安的家人移居岭南，这个重大抉择让他一时难以负荷。阿僮见他还是愁眉苦脸，便把他带去荔枝林中，扔来一把小刀一个木桶："来，来，你亲自摘几个最新鲜的荔枝尝尝，便不会难受了。"

李善德闷闷地"嗯"了一声。他看到有一丛枝条被果子压得很低，离地不过数尺，便随手去揪。这一揪，树枝一阵晃动，荔枝却没脱落，李善德又使出几分力，这才勉强弄下来。他剥开紫红色的鳞壳，一阵清香流泻而出，里面瓤厚而莹，当真是人间绝品。

阿僮开心地摊开手，在林中转了好几圈："这里每一棵树，都是我阿爸阿妈亲手挑选，亲手栽种，全是上好品种。虽然他们不在了，可每次我吃到这样的荔枝，就想起小时候他们抱着我，亲我，一样甜，一样舒服。有时候我觉得，也许他们一直就在这里陪着我呢。"

李善德把荔枝含在嘴里，望着红艳，嗅着清香，嚼着甘甜，心中忽地轻松起来。他夫人和女儿都爱吃甜的，在岭南有这么多瓜果可吃，足可以慰思乡之情了。至于长安，虽然他很舍不得繁华热闹，可毕竟有命才能去享受。至于归义坊那所宅子，大不了让招福寺收走，也没什么可惜的。

念头一通达，连食欲都打开了。他拿过一个木桶，伸手去摘，一口气揪了二十几个下来，然后……然后就没力气了……荔枝生得结实，得靠一把子力气才能拽脱，有时候还得笨拙地动刀，才能顺利取下来。

周围峒人们不知何时停止了歌唱，都攀在树上哈哈大笑。李善德莫名其妙，不知自己又干了什么傻事。这时阿僮走过来，一脸无奈："城人就是城人，这都不懂！我给你一把刀，干吗用的啊？"她见李善德仍不开悟，恨恨扔过一个木桶："你瞧瞧，这两桶荔枝有什么不一样？"

李善德低头一看，自己这桶里都是荔枝果，而阿僮的桶里，竖放着许多切下来的短枝条，荔枝都留在枝上。

"荔枝的果蒂结实，但枝条纤弱。你要只揪果子，早累死啦。我们峒人都是拿一把刀，直接把枝条切下来，这样才快。"阿僮牵过旁边一根枝条，手起刀落，利落地切下一截，长约二尺，恰好与木桶齐平，让荔枝留在桶口。

"这么摘……那荔枝树不会被砍秃了吗？"

"砍掉老枝条，新枝长得更壮，来年坐果会更多。"阿僮把木桶拎起来，白了他一眼，"你来这么久，没去市集上看看吗？荔枝都是一枝一枝卖的。"

李善德暗叫惭愧，来岭南这么久，他一头扎进荔枝果园，还真没去市集上逛过。他突然想起一个训诂问题，荔枝荔枝，莫非本字就是劙枝？劙者，吕支切，音离，其意为斫也、解也、砍也。先贤起这个名字，果然是有深意的！

"而且这么摘的话，荔枝不离枝，可以放得略久一点。"阿僮似笑非笑地看着他，"现在你知道自己为何被那些熟峒取笑了吧？"

仿佛为她做注脚似的，两个庄工又一次学起对话来：

"有什么法子，让荔枝不变味。"

"你别摘下来啊。"

李善德呆住了。原来峒人们笑的是这个意思，不是笑他为何从树上摘下来，而是笑他为何不知摘荔枝要带枝截取。

一丝龟裂，出现在他胸中的块垒表面。李善德失态地抓住阿僮的双肩："你……你怎么不早说！"

"说什么？"阿僮莫名其妙。

"荔枝不离枝，可以放得久一点！"

"你不是要把荔枝一粒粒用盐水洗过，搁在双层瓮里吗，怎么带枝？"阿僮大为委屈，"再说带枝也只能多维持半日新鲜，也没什么用。"

李善德没有回答，他张大了嘴，无数散乱的思绪在盘旋碰撞。

"汉武帝……起扶荔宫，以植所得奇草异木。"

"有什么法子，让荔枝不变味。"

"十里一置，五里一候，奔腾阻险，死者继路。"

"你别摘下来啊。"

"劙者，吕支切，音离，其意为斫也、解也、砍也。"

李善德突然松开阿僮，一言不发地朝果园外面跑去，吓得花狸嗷一声，跃上枝头。阿僮揉着酸疼的肩膀，又有点担心他失心风，赶紧追出去，却只来得及见到这人骑马消失在大路尽头。

"死城人！再不要来了！"阿僮恼怒地跺跺脚，忽然发现耳畔安静下来，回头大吼道，"懒猴仔！快继续唱！"

广州城中馆驿。苏谅摊开一卷账簿，正在潜心研究荔枝格眼簿子的原理。他提起毛笔，学着样子画出一片方格，琢磨着如何设计到其他生意里去。突然大门"砰"的一下被推开，吓得他笔下直线登时歪了半分。

"李大使？"苏谅一怔。李善德满面尘土，头发纷乱，一张老脸上交织着疲倦和兴奋。

李善德顾不得多言，冲到苏谅面前大声道："苏老，再贷我五百，不，三百五十贯就行！我有个想法。"苏谅无奈地摇摇头："大使啊，可不是小老不帮你。之前两次试验结束后，是你自己说的，绝无运到长安的可能。你这又有新想法了？"

李善德道："之前我们只是提速，总有极限。如今我找到一个保鲜的法子，双管齐下，便多了一丝胜机！"然后他把离枝之事讲了一遍。苏谅索性把毛笔搁下："此事我亦听过，可你想过没有？荔枝带枝，最多延缓半日，且无法用双层瓮，亦不能用盐水洗濯。两下相抵，又有什么区别？"

他见李善德犹然不悟，苦口婆心劝道："大使拳拳忠心，小老是知道的。只是人力终有穷，勉强而上，反受其害。"

"不，不！"李善德一把将毛笔夺过来，在账簿上绘出一棵荔枝树的轮廓，然后在树中间斜斜画了一道，"我们不切枝，而是切干！"

然后他滔滔不绝地把筹划说出来。看来自石门山赶回广州这一路，李善德都已经想通透了。听罢，苏谅这个嗅觉灵敏的老胡商，难得面露犹豫："这一切，只是大使的猜想吧？"

"所以才需要验证一下！"李善德狂热地挥动手臂，"但请你相信我！现在整个大唐，没有人比我更懂荔枝物性与驿路转运之间的事情。"

"今天已是四月七日，即便试验成功，也来不及了吧？"

"这次我会随马队出发！"李善德坚定道，"成与不成，我都会直接返回长安，对圣人有个交代。"

苏谅沉默良久。他经商这么多年，见过太多穷途末路的商人。他们花言巧语，言辞急切，妄图骗到投资去最后博一把，以此翻身。可惜，他们嘴里吹出的泡沫，比大海浪头泛起的更多。然而，不知为何，眼前这个头发斑白、畏缩怯懦的绝望官吏，却闪着一种前所未见的凛凛光芒。

"好吧，这次我再提供给大使五百贯经费。"苏谅似乎下了决心。

李善德大喜，一撸袖子，说："你把钱契拿来吧，我签。"他如今见过世面了，等闲几百贯的借契，签得胜似闲庭信步。苏谅微微一笑，取出另外一轴纸："还有这一千贯，算是小老奉送。"

"你还要多少通行符牒？"李善德以为他又要做什么交换。

"够了，那东西拿多了，也会烧手。"苏谅把纸朝前一推，"这一次不算借贷，算我投大使一个前程。"

"前程？"

"这一次试验若是成功，大使归去京城，必然深得圣眷。届时荔枝转运之事，也必是大使全权措手。小老的商团虽小，也算支应了大使几次试验，若能为圣人继续分忧报效，不胜荣幸。"

李善德听出来了，苏谅这是想要吞下荔枝转运的差遣。所谓"报效"，是说朝廷将一些事务交给大商人来办理，所支费用，以折税方式补偿。比如有一年，圣人想要在兴庆宫沉香亭植牡丹千株，上林署接了诏书，便委托洛阳豪商宋单父代为报效筹措。圣人得了面子，上林署得了简便，宋单父则趁机运入秦岭大木数百根，得利之丰，甚于花卉支出十倍。

若苏谅能吃下荔枝转运的报效，其中的利益绝不会比宋单父小。

苏谅见李善德没回答，开口道："当然。这保鲜的法子，是大使所出。小老情愿让出一成利益，权作大使以技入股。"

李善德道："这法子成与不成，尚无定论，苏老这么有信心吗？"

"做生意，赌的便是个先机。若等试验成了再来报效，哪里还有小老的机会？"

"就这么说定了！"

李善德一点没有犹豫。他没有时间了，这将是最后一次试验，不成功便成鬼。至于早上想逃到岭南避罪的念头，早已被抛至脑后。

两人就一些细节开始商议，全情投入，却不防屋外有一只黑色耳朵贴在门上，安静地听着。

一个时辰之后，岭南经略府后衙。

赵辛民匆匆赶到何履光的卧室门口，敲了敲门环，低声道："节帅，有桩急事，须向您禀报。"屋里头传来一阵窸窸窣窣的声音，还夹杂着女人略带不满的娇嗔。门一开，何履光只穿着条亵裤出来了，一身汗津津的。

"什么事，这么急！"

赵辛民一指旁边跪地的林邑奴："馆驿传来消息，那个李善德，似乎把新鲜荔枝搞出点眉目了。"何履光眉头一拧："怎么可能？"

赵辛民狠狠踢了林邑奴一脚："这个林邑奴太蠢笨，只听了个大概，却说不清楚！"然后又道："但至少有一点很清楚，苏谅那只老狐狸，又投了一千五百贯在里头。"

胡商向来狡黠精明，无宝不到。他既然肯投资这么大的金额，想必是有把握的。何履光舔舔嘴唇："那只清远笨鸡，还真给他办成了？那……要不请叫他过来叙叙话？"

赵辛民轻摇了一下头："节帅，您细想。倘若他真的把新鲜荔枝送到京城，会是什么结果？"

"圣人和贵妃娘娘肯定高兴啊！"

"那圣人会不会想，这么好吃的东西，为何早不送来？一个上林署的小监事，尚且能把这事办了，岭南五府经略使怎么会办不成？他到底是办不成，还是不愿意办？我交给他别的事，是不是也和新鲜荔枝一样？——节帅莫忘了，无心与物竞，鹰隼莫相猜啊。"

听着赵辛民这一步步分析，何履光胸口的黑毛一颤，牙齿开始磨动，眼神里露出凶光来。这两句诗来自岭南老乡张九龄，他当年因为位高权重受了李林甫猜忌，圣人听信谗言，送了他一把白羽扇，暗喻放权。张九龄只好辞官归乡，写了一首《归燕诗》以言其志。

"无心与物竞，鹰隼莫相猜。"

他这个岭南五府经略使看着威风八面，比之一代名相张九龄如何？比之四镇节度使王忠嗣如何？看看那两位的下场，他不得不多想几步。

"看来，是不能让他回去了。"何履光决然道。

赵辛民早有成算："我听说李善德这一次会亲随试验马队一并出发。只消调遣节下一支十人牙兵队，尾随而行。一俟彼等翻越五岭之后，便即动手，伪作山棚为之便是。"

"不成。等快到虔州再动手，便与岭南无关。圣人过问，便让江南西道去头疼吧。"

"遵命。"

何履光把门关上，正欲上榻，忽然听到耳畔一阵嗡嗡作响，不知何时又有一只蚊子钻了进来。岭南五府经略使挥起巴掌，想要拍死它，才好继续云雨。可那蚊子狡黠之极，瞻之在前，忽焉在后，一直折腾到凌晨也没消停。

四月十日，阿僮第三次站在路边，看着李善德的试验马队忙碌。

"城人言而无信，说好了接家人过来，现在倒要跑回长安了。就不该给你荔枝！"她气呼呼地折断一根树枝，丢在地上。李善德只得宽慰道："这次若成功了，你便是专贡圣人的皇庄，周围谁都不敢欺负你了。"阿僮双眼一瞪："谁敢欺负我？"

李善德知道这姑娘是刀子嘴，豆腐心，骂归骂，荔枝可是一点没短缺，还叫来好多人帮忙处理。他拍着胸脯说："岭南我肯定还回来，给你们多带长安的美酒！"阿僮这才稍微消了点气。

"这回真能成吗？"

"不知道。但我只有这一次机会了，不得不全力而为。"

这一次的马队，始发一共有五匹马，沿途配置约二十匹。但它们的装备，和前两次截然不同。

每一匹马上，只挂一个双层瓮。内瓮培着松软的肥土，外层灌入清水。但每一个瓮的水土比例不尽相同。李善德事先请了一批熟峒佣工，从过壳的荔枝树枝条上切下去，截下约莫三尺长的分权。尾端斜切，露出一半茎脉，直接扎入瓮中。

在分权的上端，伸出三条细枝，上面挂着约莫二十枚半青荔枝。李善德还苦心孤诣请了石门山里的生峒，用上好的麻藤编了五个罩筐，从上面套住树冠。这样一来，既可以防止荔枝因为颠簸在途中脱落，也能透水透气，让荔树苟活。

李善德把这段时间他能想到的所有办法，都整合到了一块，命名为"分枝植瓮之法"。用这种办法能不能到长安，不确定，但每一瓮，会毁掉至少一棵荔枝树，这让阿僮心疼地唠叨了很久。

但这灵光一现，只能解决一半问题。真正的考验还在路上，所以他不得不跟着。

这次试验至关重要，苏谅也赶来出相送。他看到李善德也翻身上马，准备随队出发，有些担心地仰头道："大使你这身子骨，能追得上马队的速度吗？别累死在途中啊。"李善德一抖缰绳，悲壮慨然道：

"等死，死国可乎？"

第四章

江南西道南边有一处大庾县，正南即是五岭之一的大庾岭。从梅关道北上，这里是必经之地。县内群山耸峙，三道岭壁封住了三面方向，只留一条狭长的驿路可以向东通去虔州。

往返此间的行商，只能沿着山谷底部的水岸前行。驿路逼仄，两侧苍山相对而立，仿佛随时要倒下来似的，遮住了大半片青天。要一直走到三十里外的南安县，视野方才开阔，如雨过天晴一般。是以这一段路，被客商们称为天开路。

李善德跟随着试验马队一路马不停蹄，过韶州，穿梅关，然后沿着天开路朝南安县赶去。那里有第二批马早早等待，轮换后继续前进。

天开路附近，带"坑"字的地名颇多，诸如黄山坑、邓坑、禾连坑、花坑等等。盖因地势不平，高者称丘，低者称坑。赶路再急，在这一段也得放缓脚步，否则一下不慎跌伤，可就满盘皆输。

此时他们正穿过一个叫铁罗坑的地方，诸骑都把速度降下来。李善德骑术不行，加上年纪大了，这一路强行跟跑下来，屁股与双髀都酸疼不已。可他大话说出去了，只能咬牙强撑，靠默算里程来转移注意力。

算着算着，李善德忽然听到一声尖啸，似是山中猿鸣。这里山高林密，偶有猿猴出没不算稀奇。可走了一段，这尖啸声似乎有点耳熟，好像……那天晚上喝荔枝酒时，林邑奴也发出过类似的声音。

可他出发的时候，根本没带林邑奴啊。

李善德还没反应过来，又有一声吼声传来，这下子整个山谷都为之震颤。

大虫？

马队的骑手们登时脸色大变。唐人为了避李渊祖父李虎的讳，皆呼虎为大虫。五岭有大虫并不奇怪，可靠近驿路却很罕有。

李善德吓得两股战战，但幸亏骑手们都是行商老手。他们一半人拿出麻背弓，开始挂弦；另外一半则掏出火石火镰，取出背囊里的骆驼粪点燃。大虫与骆驼生地不同，前者闻到粪味奇异，往往疑而先退。

　　外围又安静了半炷香的工夫，一个黑影从山中蹿出，几下翻滚，冲到山麓边缘。而一头斑斓猛虎也从密林中追出来。李善德定睛一看，却惊得叫出声来，那黑影竟真是林邑奴。这人一改在广州时的呆傻笨拙，动作极为迅捷，真如猿猱一般。

　　只是不知为何，林邑奴不在山中躲闪，却偏要冲入山谷。这里没有高树可以攀缘，也无灌木可以遮蔽，那大虫却可以奋开四爪，尽情驰骋。眼见林邑奴要丧生虎口，李善德急忙对骑手们喊道："诸公，还望出手相救，我这里每人奉上酒钱一贯。"

　　按说跟大虫缠斗，既浪费时间，还有风险。倘若马匹受惊把荔枝瓮弄翻，那可就亏大了。可李善德总不能见死不救，只好自掏腰包，心想实在不行，先让苏谅把这几贯钱也算进借款里。

　　听主家发了赏格，骑手们便纷纷下马，拿着弓箭与短刀，举着燃烧的骆驼粪靠了过去。他们本以为会是一场恶斗，不料这只华南大虫从未见过骆驼，一闻到骆驼粪味，二话没说掉头跑掉了。

李善德纵马过去，看到林邑奴趴在地上，浑身剧烈地颤抖着，嘴里不断咳出鲜血。他以为这是被老虎所伤，连忙扶将起来，正要唤人来准备伤药，不料林邑奴却嘶哑道："不必了……你们须快些走，后头有追兵。"——发音居然标准得很。

"追兵？"李善德一头雾水。他送个荔枝而已，哪里来的追兵？

林邑奴胸口起伏，断断续续才讲明白赵辛民的计划。李善德这才发现，原来自己在岭南一番折腾，竟招致一场杀身之祸。

"他何履光堂堂一个经略使，竟对一个从九品下的小人物下手，这器量比痔疮还小！"

李善德忍不住大骂起来。他低头看了眼林邑奴，对林邑奴告密这个举动倒不是很气愤，这人本就是赵书记的奴隶，尽责而已。倒是自己全无防备，把人心想得太善了。

只是……他既然告了密，怎么又跑过来了？

林邑奴咽了咽唾沫，苦笑道："向主人尽忠，乃是我的本分，跑来示警，是为了向大使报恩。"

"报恩？"李善德莫名其妙，他虽没虐待过林邑奴，可也没特意善待他啊。

"那一夜，您给了我一碗荔枝酒……"林邑奴低声咳嗽了几下，也许是触动肺部，双眼开始涣散起来，"好教大使知……我幼时在林邑流浪乞讨，不知父母，后来被拐卖到广州，入了经略府做养孔雀的家奴。我自记事以来，从来只由主人打骂凌虐、讥笑羞辱。他们从来只把我当成一只会讲话的贱兽，时间长了，我也自己这么觉……咳咳。"

李善德见他脸色急速变灰，赶紧劝他别说了。林邑奴却挣扎着，声音反而大了些："您敬我的那一碗酒，是我有生以来第一次被人敬酒，也是我第一次被当成人来敬酒。可真好喝呀。"他舔了舔干裂的嘴唇，脸上似乎浮现出笑容："我记得您还说，我们没什么区别，都是好朋友。那我得尽一个朋友的本分……"

李善德一时无语。他现在想起来了，当时那林邑奴喝完酒以后，仰天长啸，当时他还暗笑，这酒至于那么好喝吗？原来竟还有这一层缘由。

"我那是醉话，你也信……"

"醉话也好……也好。好歹这一世，总算也有人对我说过这样的话了……"林邑奴喃喃道，"我向主人举发了您的事，然后又偷听到他们密议要派兵追杀您，所以急忙跑出来提醒您。"

"你这是……这是一路跑过来的？"李善德简直不敢相信。这个人赤脚奔跑，翻越五岭的速度竟会快过马队。林邑奴道："我是翻山越岭直穿过来，自然比你们走迂回的山路快，这对林邑人来说不算什么。只是我没想到，会被一头大虫缠上。更没想到，您竟然会停下脚步，把它驱走……"

说到这里，他突然再一次咳嗽起来，极其剧烈，嘴里开始浮现带血的泡沫。有老骑手过来检查了一下，摇摇头说这是把肺给生生跑炸了，油尽灯枯，没救了。李善德焦虑地搓着手，不知该说些什么才好。

林邑奴睁圆了眼睛："我这一世入的是畜生道，只有被您当作人来看待一次。也许托您的福，下辈子真能轮回成人，值了值了……"他忽地努力把脖子支起来，嘴巴凑近李善德耳畔，低声说了几句，李善德大惊，连忙说："这怎么行?! 这怎么行?!"

可他再低头看时，林邑奴已没了声息。那张覆满汗水的疲惫面孔上，还略微带着一丝笑意。

何押衙对麾下的九名牙兵比了个手势，解下刀鞘扔在地上，只握紧了铁刀短柄。因为刀鞘上的铜环，可能会惊动休息的人。

五十步之外的小树林中，有一小堆篝火在燃烧着，在黑漆漆的夜里格外醒目。听不见谈话声，也许是连日赶路太过疲惫了。

不过也无所谓，眼前这些人的底细，他们早就摸清楚了。自石门山开拔之后，他们就一直尾随着这支马队，远远隔开二十里。按照赵书记的指示，他们进入位于江南西道境内的天开路后，才开始徐徐加速，并在黄昏时追上了刚刚抵达铁罗坑的目标。

何押衙不是个鲁莽的人，他为策万全，特意选择了对方宿营时发起突击，不可能有人逃脱。

他们接近到十五步时，何押衙发出了短促的哨声。树林里响起一连串树枝被踩断的声音，九名精锐同时攻入篝火圈内。可出乎他们意料的是，篝火旁居然空无一人。不，准确地说，还有一个人。这人皮肤黝黑，居然是个林邑奴，半倚着树干，似乎已经死了。

这人的死状有些诡异，双手双脚的腕处都被短刃割开，四道潺潺的鲜血流泻出来，洇红了身下的泥土。从血液凝固程度来看，应该有一段时间了，空气中还残留着淡淡的血腥味。

"这不是何节帅家里的家奴吗？他怎么跑到这里来了？为什么杀他？其他人呢？"

何押衙脑海中浮现出数个疑问。他又看了一圈，没有其他东西了，便一挥手，示意所有人回去上马，继续追击。天开路这里的地形，注定了只有一条路可以走，就算李善德故布疑阵自己跑了，他们追上去也只是时间问题。

空气中除了血腥味，似乎还有一种熟悉的味道。何押衙一边琢磨着一边往回走，猛然意识到，这是驱虎用的骆驼粪啊！他脖颈霎时寒毛倒竖，一种极度危险的预感闪过心头。何押衙急忙转动脖子，在火光中，他看到一张额头有"王"字的斑斓兽脸，正张开血盆大口……

远远的高丘之上，李善德看到篝火堆旁人影错落，隐隐还有惨叫声传来，赶紧双手合十，念诵了几句阿弥陀佛，然后才带着骑手们漏夜前行。

林邑奴临死之前，叮嘱李善德把自己的尸体扛到一处林中，点起篝火，趁血液还流动的时候，割开脚腕手腕。老虎这种猛兽报复心极重，那只白天袭击自己的老虎，应该就一直在附近跟着，它闻到血腥味一定会过来。

李善德先用骆驼粪围着营地撒了一圈，待估算着追兵接近，便把剩余的干粪收起来，匆匆离去。没有了骆驼粪的压制，那只伤人巨兽会立刻靠近篝火，打算把下午那份逃脱的血食吃掉。

至于十个经略府的牙兵和一只成年大虫谁比较厉害，李善德对这个问题一点兴趣也没有。他默默地把林邑奴的位置记住，待日后回来，看是否能找到残留的骨殖，然后埋头继续赶起路来。

过了五岭之后，马队重新找回了赶路的节奏，在驿道上疯狂地奔驰着。李善德在第三天的时候，无奈地掉了队。他的身体实在经受不住太多折磨，再跑下去只怕会比荔枝先死掉。

好在这一次的路线和次序都已经规划完毕，骑手们也得到了详尽指示。李善德可以慢慢从后面赶上去，检视他们留下的记录。

在第三次试验里，李善德根据前两次的经验，对路线进行了微调。转运队出发时走梅关道，但在抵达吉州之后，将不再继续北上抚州、洪州，而转向西北方向，直奔潭州，转到西京道。这样一来，既避开了潭州与衡州之间的水泽地带，也可以比梅关道节约四五百里路。

马队会从潭州西北方向的昌江县穿过，弃马登船，循汨罗江进抵洞庭湖，并横渡长江。渡过之后，再沿汉水、襄河、丹河辗转至商州。这一路上并无险滩恶峡，只要水手够多，可以昼夜划行不断，直到商州。然后队伍将下舟乘马，沿商州道一口气冲入关中，一过蓝田，灞桥便近在眼前。

这条路的水陆全程是四千六百里，且避开了大泽、逆流、险滩、川峡、重山等各种险阻，可以说集四路之精华。李善德为了算出这么一条路来，差点把眼睛都算瞎了。他相信，除非是腾云驾雾，否则再没有比这条路更快更稳的了。

四月二十一日，李善德一人一骑，走到了基州的章门县。在一处简陋的驿馆里，他接到了前方的结果。

五瓮荔枝的枝条，从第四天开始相继枯萎，坚持最久的一瓮是第七天。按照预案，骑手们一发现枯萎，便立刻将荔枝摘下来，换用之前的盐洗隔水之法，继续前进。

之前测试的结果证明，摘下来的荔枝最多坚持五天，考虑到新鲜度的话，只有四天。也就是说，用"分枝植瓮之法"和"盐洗隔水之法"，一共能争取到十一天时间。

试验的结果，和这个计算结果惊人地相符。最快的一个转运队，在出发后第十一天冲到了丹江口，在前往商州道的途中，才发现荔枝变了味。

李善德收到这个报告之后，不悲反喜。

转运队伍没能抵达长安，是在他意料之中的。

一个小小荔枝使，调动资源有限。他一路上只能安排十五个左右的换乘点，平均每三百里才能换一次马或者船。单以马行而计，一匹健马，每跑三十里就得饮水一次，每六十里得喂料一次，三百里中途休息便得十次。每次停留时间差不多两刻。换句话说，每跑三百里，就要有两个半时辰用来休整。这还没考虑到同一匹马跑出一百里以后，速度便急速衰减。

而且这些骑手皆是民间白身，虽然持有荔枝使签发的文牒，穿越关津时终究会花上很长一段时间。

这些制约速度的因素，都是李善德所无法改变的。

但朝廷可以。

如果尚书省出面组织，便可以把沿途驿站的力量都动员起来，加快更换频率，让每一匹马都可以跑出冲刺的速度来。而且荔枝不涉机密，不必一个使者跟到底，可以频繁地替手接力。只要持有最高等级的符牒，理论上可以日夜兼程。

当天晚上，李善德便埋头做了一次详细计算。民间转运队伍，尚且可以在十一天内冲到丹江口；以朝廷近乎无限的动员能力，加上李善德设计的保鲜措施和路线，速度可以提高三成，十一天完全可以抵达长安！那时候荔枝应该介于香变和味变之间。

不对！还可以再改进一点！

他之前曾听人说过，可以用竹箬封藏荔枝，效果也还不错。如果等枝条枯萎之后，立刻摘下荔枝，放入短竹筒内，再放入瓮中，效果更好。

等一下，还可以改进一点！

他在上林署做了许多年监事，所分管的业务是藏冰。每年冬季，李善德会组织人手去渭河凿冰，每块方三尺，厚一尺五寸，一共要凿一千块，全数藏在冰窖里。等到夏季到来，这些冰块会提供给内廷和诸衙署使用。

不仅长安城如此，大唐各地的州县，只要冬季有冰期的，都会建起自己的冰窖储冰。

荔枝保鲜最有效的法子，是取冰镇之。可惜岭南炎热无冰，只能用双层瓮灌溪水的方式来做冷却。而沿途州县也不可能开放冰窖给转运队。

可一旦朝廷出面转运，情况可就不一样了，各地唯有听任调遣。转运队只要一过长江，便能从江陵的冰窖调冰出来使用。

如此施为，荔枝抵达长安时，庶几在色变与香变之间，勉强还算新鲜！

可光有想法还不成，具体到执行，涉及二十多个州县的短途供应，何处调冰，何处接应，如何屯冰，冰块消融速度是否赶得及，等等，不尽早规划，根本来不及……

灵感源源不断，毛笔勾画不断，李善德此时进入了一种道家所谓"入虚静"的奇妙状态，过往的经验与见识，融汇成一条大河，汪洋恣肆，奔腾咆哮。这一刻，他不是一个人在计算，陈子、刘徽、祖冲之、祖暅之在这一刻魂魄附体。李善德的眼睛满布血丝，却丝毫不觉疲倦，恨不得撬开自己脑壳，一磕到底，把脑浆直接涂抹在纸卷之上。

当李善德写完最后一行数字时，已是夜半子时。烛花剪了又剪，纸上密密麻麻，满是令人头晕目眩的蝇头小楷，他吹了吹淋漓墨汁，从头到尾浏览了一遍，忍不住心潮澎湃。

这一份新鲜荔枝的转运之法，关涉气候、邮驿、州县、钱粮等几大领域，内中细碎繁复之处，密如牛毛，外行人根本难以想象。从驿站之调度、运具之配置、载重与里程之换算，乃至每一枚荔枝到长安的脚费核算，几乎每一个环节，都须做到极细密极周至方可。这件事牵一发而动全身，一处思虑不当，便很可能导致荔枝送不到长安。

李善德拿着这本牛毛细账，心中不期然地想起了当年裴耀卿于河口建仓的壮举。

开元二十二年，江淮、河南转运使裴耀卿受命来到河口，先凿漕渠十八里，避开三门之险，然后又在河口设置河阴、柏崖、集津、盐仓诸仓，与含嘉、太原等仓连缀成线，开创了节级转运之法。三年之内，运米七百万石，节省运费三十万缗。从此长安蓄积羡溢，天子不必频繁就食于东都。

当时李善德也被调入幕下，参与磨算，目睹了裴大使统筹调度的英姿。他从心底认为，比起文辞之士，这样的君士才堪称国之栋梁。荔枝转运虽是小道，比不得漕运，但自己如今能追蹑前贤，稍觑其影，足可以志得意满了。

念及此，李善德起身推开窗户，一丝夜风吹入，澄清了逼仄小屋中的污浊之气。他胸口块垒尽消，不由得发出一阵长笑。窗下恰好是一汪池塘，池中青蛙突受惊吓，也纷纷鼓噪起来。吓得驿长和其他客人从床榻上起来，以为赶上了地震，着实忙乱了一阵。

如今技术上已无障碍，唯一可虑的，只有时间。

贵妃诞辰是六月一日，从岭南运荔枝到长安是十一天。也就是说，最迟五月十九日，荔枝转运队必须自石门山启程，这是绝不可逾越的死线。

　　今天已是四月二十一日，留给李善德说服朝廷以及着手布置的时间，只有不到三十天时间。

　　一算到这里，李善德登时坐不住了。反正他此时兴奋过度，整个人根本不成寐，索性唤来一脸不满的驿长，牵来一匹好马，连夜匆匆上路。

　　这一次，他再也顾不得自己的双髀和尊臀，扬鞭疾驰，一把骨头跑得像真正的荔枝转运那么快，几乎要把自己燃烧殆尽。

　　到了四月二十二日的寅时末卯时初，他抱住马头正昏昏欲睡，忽然一阵清风吹过面庞。

　　这风干爽轻柔，带着柳叶的清香，带着雨后黄土的泥味，还有一点点夹杂着羊肉腥膻的面香味道，令李善德为之一振。岭南什么都有，唯独没有麦面，他在那里待的日子里，不止一次梦见吃了满嘴的胡饼、揲头、饦饦、馎饦……

　　李善德缓缓睁开眼睛，他看到，远方出现了一道巍峨的青黄色城墙。在晨曦沐浴下，大城的上沿泛出一道金黄色的细边，仿佛一位无形的镏金匠正浇下浓浓的熔金，然后随着时间推移，整片墙体都被金色缓缓笼罩，勾勒出城堞轮廓，整座城市化为一件精致庄严的金器，恍有永固之辉。

满面尘灰、摇摇欲坠的他，终于回到了属于自己的城市。

晨鼓声中，东侧的春明门隆隆开启，活像一位慵懒的巨人打着哈欠。李善德手持敕令，撞开等候进城的人群，从正在推开的两扇城门之间跃了进去。他对长安街道熟稔之极，径直先赶去自己家中。那所归义坊的宅子，还没顾上搬迁，夫人孩子暂时还住在长寿坊内。

他一进家门，夫人正在灶前烧饭，女儿趴在地上玩着一具风车。娘俩见到李善德回来，又惊又喜。女儿抱住他的脖子，一直阿爷阿爷叫个不停。

李善德跟女儿亲昵了一阵，在灶前一屁股坐下，不顾烫手，直接抓起锅里的胡饼往嘴里扔。他夫人有一个独到的秘诀，羊肉馅里掺了碎芹与姜末，还添一勺丁香粉，吃起来格外舒爽。李善德狼吞虎咽，一口气吃了六个，自己在路上几乎被颠散的三魂七魄，这才算是尽数归位。

夫人说招福寺的和尚来过两次，贼头贼脑，打听荔枝使的去向。李善德冷笑一声，他们大概也听到风声，以为自己不免要死于荔枝差遣，想要提前挽回香积贷的损失。

李善德现在也没钱还。苏谅的投资，全数花在了转运试验上，他自己可是一文未落，攒下的那一点点存蓄，还赏给那几个在铁罗坑救林邑奴的骑手了。

不过没关系，今日之后，情况必定大不一样了。

李善德吃罢早馔，换了一身干净官袍，把那卷荔枝转运法仔细卷成一个札子，然后昂首阔步出了门，直朝皇城而去。

韩洄此时还未抵达刑部，至于杜甫，他那个兵曹参军就是个挂名，不可能来上班。李善德只好给韩洄留了个字状，先去了户部。

他所设计的转运之法十分迅捷，唯一的缺点就是所费不赀。从岭南运送两瓮荔枝到长安的费用，大概要七百贯，这还是船底数，就是说，无论运一枚还是运两瓮，至少都要花这么多。两瓮荔枝大约有四十枚，平均下来一枚耗费高达十七贯五百钱。

要知道，西市一头三岁的波斯公骆驼才十五贯不到。

更麻烦的是，这个费用是不可均摊的。裴耀卿当年修河口诸仓与漕河，虽然费用浩大，但修成后可以逐年均摊成本。而荔枝转运之法的诸项用度，譬如马匹、冰块、人员、器具、调度工时等等，这一次用完了，下一次还要从头再来。

若是别的差遣，使臣大可以跳开规矩，从国库直接提出钱粮就行。但荔枝转运除了耗费钱粮，还需要诸多衙署密切配合，因此李善德必须让这个差遣进入流程才成。

"你就是那个荔枝使？"

一个须发皆白的老官员手拈札子，斜眼觑着下方。李善德恭敬施礼，看来这个"荔枝鲜"的离奇差遣，已经传得朝堂皆知了。

他知道户部对所有使职都怀有敌意，可天下钱粮，皆归户部的度支司调拨，是荔枝转运费最合适落下的衙署，只好硬着头皮闯一闯。可惜无论是度支郎中还是员外郎，他都没资格求见，说不得，只好先找到这位分判钱谷出纳的主事。

老主事抖了抖札子："你这个字可太潦草了，当初怎么过的吏部试？"李善德赔笑道："事出紧急，不及誊抄，还请主事见谅。"

老主事不满地抬了抬眉毛。吏部选官有四个标准——"身、言、书、判"，这人相貌枯槁，嗓音干涩，字又凌乱，身、言、书三条都不合格，至于"判"这一条……他把札子一拍，数落道：

"你知不知道，从河南解送租庸到京城，官价脚费是每驮一百斤，每百里一百钱，山阪处一百二十钱。从岭南运个劳什子荔枝，居然要报七百贯？当本官是盲的吗？"

"这是运新鲜荔枝，自与租庸不同。详细用度，已在札中开列。本使保证，绝无浮滥虚增。"

"泸州也有荔枝啊，你为何不从那里运？难道你在岭南有亲戚？"

"是圣人指明要岭南的，我这是遵旨而行。"李善德"咚"地一拍胸脯，"而且已有岭南商人自愿报效，不劳朝廷真的出钱。"

"哼，左手省了钱，右手就得免税，最后都是商人得利，朝廷负担。"

老主事摇摇头，一脸鄙夷地把札子掷下来。李善德见自己的心血被扔，心头也冒出火来，往前迈一步沉声道："这是圣人派下来的差遣，你便不纳吗？"

这招原本百试百灵，连岭南五府经略使都不好正面抗衡。不料这主事是积年老吏，对李善德这种人见得多了，他手指往上一晃："好教大使知。户部虽掌预算，不过是奉诸位上官的命令罢了。你去药铺里抓药，总要医生开了方子，才好教柜台伙计配药不是？有了中书门下的判押，本主事自然尽快办理。"

言外之意，我就是个办事的，有本事你找政事堂里的诸位相公闹去。

李善德明知他是托词，也只能捡起文卷，悻悻而退。出了户部堂廊，他朝右边拐去，径自来到政事堂的后头。这里有一排五座青灰色建筑，分别为吏房、枢机房、兵房、户房、刑礼房，造型逼仄，活像五个跪在地上的小吏。

那老主事其实也没说错。都省六部，无非是执行命令的衙署，真正决断定策，还得中书门下的几位相公。李善德只要能把这份文卷送进户房，就有机会进入大人物的视野。

"这个……可有点为难啊。"户房的令史满脸堆笑，脸颊间恰到好处地露出一丝为难的褶皱。

李善德一怔，旋即沉下脸："我乃是敕令荔枝使，难道还不能向东府递交堂帖了吗？"

户房令史也不多说，亲热地把李善德拽到屋外，一指那五栋联排的建筑："大使可知，为何这里有五房？"

"呃……"

"您想啊，天下的事情那么多，相公们怎么管得过来？所以送进中书门下的札子，都得先通过都省的六部审议，小事自判，大事附了意见，送来我们五房，我们才好拿给相公议。"

"所以呢？"

"所以您不能直接把札子送到这里，得先递到户部，由他们审完送来堂后户房，才是最正规的流转。"

李善德眼前一黑，这不是陷入死循环了吗？

户房令史笑盈盈地站在原地，态度和蔼，但也很坚决。李善德咬咬牙，从袖子里取出一枚骠国产的绿玉坠子，这是老胡商送的，本打算给妻子做礼物。他宽袖一摆，遮住手上动作，轻轻把坠子送过去。

令史不动声色地接过去，掂了一下分量，似乎不甚满意，便对李善德道："户房体制森严，没法把你的札子塞进去。不过别有一条蹊径，您可以试试。"

李善德竖起耳朵，令史小声道："天下诸州的贡物，都是送去太府寺收贮。荔枝的事，你去找他们一定没错。"

李善德别无良法，只好谢过提点，又赶到位于皇城斜对角的太府寺去。到了太府寺，右藏署说他们只管邦国库藏，四方所献的宝货，请找左藏署。左藏署却说，他们只管各地进献贡物的收纳，不管转运，李善德还得去问兵部的驾部郎中。

李善德又去了兵部，这次干脆连门都没进去。那里是军事重地，无竹符者不得擅闯，他直接被轰了出去。

整整一天，李善德在皇城里如马球一样四处乱滚，疲于奔命，口干舌燥，那张写着荔枝转运之法的纸札，因为反复被展开卷起，边缘已有了破损迹象。

他这时才体会到，自己做了那十几年的上林署监事，其实只窥到了朝廷的小小一角。这个坐落着诸多衙署的庞大皇城，比秦岭密林更加错综复杂，它运转的规律比道更为玄妙。不熟悉的人贸然踏入，就像落入壶口瀑布下的奔腾乱流一样，撞得头破血流。

李善德实在想不通。之前鲜荔枝不可能运到长安，那些衙署对差遣避之不及，可以理解；但现在转运已不成问题，正足以慰圣人之心，为何他们仍敷衍塞责呢？

转了一大圈，最后他在光顺门前的铜匦前面，遇到一位宫市使，才算让事情有了点眉目。

严格来说，李善德遇到的这一位，只是宫市副使。真正的宫市正使，判在右相杨国忠身上，那是遥不可及的大人物，他不奢望能见到。

这位副使三十岁出头，身着蜀锦绿袍，头戴漆钿武弁，眉目极干净，一张俊秀面孔如少年般清朗，让人一看便心生好感。他自称是内侍省的一个小常侍，名叫鱼朝恩。

李善德跟他约略讲了遭遇。鱼朝恩笑道："别说大使你，就连圣人有时候要做点事，那一班孔目小吏都会夹缠不清，文山牍海砸将过来，包管叫你头昏脑涨。"

"正是如此！"李善德忙不迭地点头，他今天可算领教到了。

"他老人家为何跳出官序，额外设出使职差遣？还不是想发下一句话去，立刻有人痛痛快快去办成嘛。唉，堂堂大唐皇帝竟这么憋屈，我们这些做奴婢的，看了实在心疼啊。"鱼朝恩喟叹一声，用手里的白须拂子轻轻抹了下眼角。

李善德赶紧劝慰几句，鱼朝恩又正色道："我这个宫市副使的职责，正是内廷采买。岭南的新鲜荔枝，既然是圣人想要，那便是我分内的责任了。你放心好了，这件事我一定勾管到底。"

李善德大喜过望，奔走了一天，朝堂衮衮诸公，居然还不如一个宦官有担当。他看了看铜匦西侧的坠坠日头，急切道："目下时间紧迫，无论如何要先把钱的事情解决，接下来才好推进。"

鱼朝恩朝远处的政事堂看了眼，淡淡道："让东府解决这问题，起码得议一个月。这样吧，圣人在兴庆宫内建有一个大盈库，专放内帑，不必通过朝廷。你这个荔枝转运的费用，从这个库里过账便是。"

李善德激动得快要流出泪来，鱼朝恩的建议有如天籁，把他的忧愁全数解决。

"不过……我听高将军说，荔枝三日之外便色香味俱败坏。那新鲜荔枝，真能运过来吗？"

鱼朝恩有这样的疑问，也属正常。李善德拿出札子，唾沫横飞地讲起转运之法。鱼朝恩认真地从头听到尾，不由得钦佩道："这可真是神仙之法，亏你竟能想到。"他接过那张满是数字与格眼的纸卷，正欲细看，远处忽有暮鼓声传来。

鱼朝恩摩挲着纸面，颇为不舍："我得回宫了。这法子委实精妙……可否容我带回去仔细揣摩？若有不明之处，明日再来请教。"

"没问题，没问题。"李善德大起知音之意，殷勤地替他把札子卷成轴。

两人在铜匦下就此拜别，相约明晨已正还在此处相见，然后各自离开。

李善德回到家里，心情大快，压在心头几个月的石头总算可以放下了。他陪着女儿玩了好一阵双陆，又读了几首骆宾王的诗哄她睡着，然后拉着夫人进入帷帐，开始盘点子孙仓中快要溢出来的公粮。

这个积年老吏查起账来，手段实在细腻，但凡勾检到要害之处，总要反复磨算。账上收进支出，每一笔皆落到实处方肯罢休。几番腾挪互抵之后，公粮才一次全数上缴，库存为之一清。

到了次日，李善德神采奕奕地出了门，早早去了皇城。结果他从巳正等到午正，却是半个人影都没见到，反倒撞见了提着几卷文牍要去办事的韩洄。

韩洄一见李善德回来了，先是欣喜，可一听李善德在等鱼朝恩，脸色一变。他左右看看没人，扯着李善德的袖子走到铜匦后头，压低声音道："良元兄，你怎么会跟鱼朝恩有联系？"

李善德把自己的经历与难处约略一讲，韩洄不由得顿足道："哎呀，你为何不先问问我！这鱼朝恩乃是内廷新崛起的一位貂珰，为人狡诈阴险，最擅贪功，人都唤他作上有鳖。"

"什么意思？"

"就是说他为人如鳖，一口咬住的东西，绝不松嘴。"

"那为何叫上有鳖？"

"宦官嘛，也只能上有鳖，想下有鳖也没办法嘛。"韩洄比了个不雅的动作。这些官吏起的绰号，真是形象而刻薄。

李善德表情一僵，犹豫道："鱼朝恩只说回去研究一下，说得好好的今日还来，我才给他看的……"韩洄气道："那他如今人呢？"李善德答不出来。韩洄恨不得把食指戳进李善德的脑袋里，把里面的汤饼疙瘩搅散一点。

"就算你跟他交际，好歹留上一手啊！如今倒好，他拿了荔枝转运法，为何不照葫芦画瓢，自去岭南取了新鲜荔枝回来？这份功劳，便是宫市副使独得，跟你半点关系也没有了！"

李善德一听，登时慌了："我昨天先拿去户部、户房、太府寺和兵部，他们都可以证明，这确实是我写的啊！"韩洄无奈地拍了拍他肩膀："良元兄，论算学你是国手，可这为官之道，你比之蒙童还不如啊！我来问你，你现在能想明白经略使为何追杀你吗？"

"啊，呃……"李善德憋了半天，憋出一个答案，"嫉贤妒能？"

"嘁！人家堂堂岭南五府经略使，会嫉妒你吗？何节帅是担心圣人起了疑心：为何李善德能把新鲜荔枝运来，他却不能？是不能还是不愿？岭南山长水远，这经略使的旗节还能不能放心给他？"

被韩洄这么一点破，李善德才露出恍然神情。这一路上他也想过为何会被追杀，却一直不得要领，便抛去脑后了。

韩洄恨铁不成钢："你把新鲜荔枝运来京城，可知道除何履光之外，还会得罪多少人？那些衙署与何节帅一般心思，你做成了这件事，在圣人眼里，就是他们办事不得力。你那转运法是打他们的脸，人家又怎么会配合你做证呢？"

李善德颓然坐在台阶上，他满脑子都是转运的事，哪里有余力去想这些道道。韩洄摇头道："你若在呈上转运法之时，附上一份谢表，说明此事有岭南五府经略使着力推动，度支司同人大力支持，太府寺、司农寺、尚食局助力良多，你猜鱼朝恩还敢不敢抢你的功？良元兄啊，做官之道，其实就三句话：和光同尘，雨露均沾，花花轿子众人抬。一个人吃独食，是吃不长久的。"

"那……现在说这个也晚了，如今怎么办？"李善德手脚一阵冰凉。数月辛苦，好不容易要翻过峻岭，这脚下一滑，眼看就要再度掉入深渊。

韩洄只是个比部司小官，形势看得清楚，能做的却也不多。他思虑许久，也不知该如何破这个局，最终幽幽叹了口气："要不，你还是赶紧回家，跟嫂子和离吧。"

李善德差点一口血喷出来，绕了一大圈，又回到原点了。他双眼一酸，委屈的泪水滚滚而下。难道这真是命定？是无论如何挣扎都摆脱不了的命运？子美啊，你劝我拼死一搏，还不如当初就等死呢。

就在这时，忽然远处一个人影不急不忙朝铜甌走过来。李善德眼睛一亮，莫非是鱼朝恩守了诺言？他再定睛一看，倒确实是个宦官，只是年纪尚小，看服色是最低级的洒扫杂役罢了。

这小宦官走到铜甌前，左顾右盼，喊了一声："李大使可在？"李善德闪身走出来，怏怏应了一声。小宦官也不多言，说"有人托我带件东西给你"，然后从怀中取出竹质名刺一枚，递给他，又说了句："招福寺，申正酉初。"

李善德接过名刺，上头只写了"冯元一"三字，既无乡贯字号，亦无官爵职衔。他还想问个明白，小宦官已经转身走了。

他莫名其妙地站在原地，一头雾水。莫非是鱼朝恩有事不能赴约，叫个小宦官来另约日子？可这种事直说就好，何必打个哑谜？而且干吗要去招福寺？李善德脑海中闪过一个荒唐的猜测，该不会是鱼朝恩与招福寺的和尚勾结，逼着自己卖掉新宅去还香积贷吧？

韩洄翻看了半天，也不知道这个冯元一到底是谁，实在神秘得紧。他劝李善德不要去，事不明说，必有蹊跷，何必去冒那个险。可李善德思忖再三，还是决定去看看，自己已经穷途末路，还能惨到哪里去？

韩洄也没有更好的办法，只得叮嘱说万一遇到什么事，千万莫要当场答应，次日与他商量了再说。

招福寺是京城最大的伽蓝之一，位于东城崇义坊西北角，距皇城只有两街之隔。寺门高广，大殿雄阔，但它最著名的，是殿后那座七层八角琉璃须弥宝塔。这塔身自下而上盘着一条长龙，鳞甲鲜明，须爪精细。晴天日落之时，自塔下仰望，但见晚霞迷离，龙姿矫矫，流光溢彩之间有若活物一般。

于是常有达官贵人刻意选傍晚入寺，到塔下来赏景色，美其名曰"观龙霞"。

李善德放下手中的名刺，朝不远处的塔顶看去。那昂扬向上的龙头，正在夕阳下熠熠生辉。今日的天气不错，霞色殊美，想必一会儿香客离去，寺门关闭之后，便会有贵人单独入寺赏景了。事实上，这是招福寺笼络朝中显贵最重要的手段。

据说此塔修建于贞观初年。当时匠人们开挖地基，却无论如何都打不下去，地中隐有怪声传来。招福寺的一位高僧说，这下方有一条土龙，塔基恰好立在了龙头之上，故而难以下挖。他算定了土龙有一日要翻身，教工匠趁机开挖，果然顺利把宝塔建了起来。可惜高僧因为泄露天机，几日后便圆寂了。为了避免再生祸患，招福寺便在塔身外侧加建了一条蟠龙。

李善德知道这传说是瞎说。他翻过工部的档案，这塔是贞观年间修的不假，龙却是神龙元年才加的。当时中宗李显与五王联手，逼迫则天女皇交还帝位，从此周唐鼎易，世人皆称为"神龙政变"。招福寺的住持为了讨好皇帝，便搞了这么个拍马屁的工程。当然，长安的善男信女们可不会去查工部档案，因此此寺香火一直极旺盛。

"唉，都这境地了，还去想别家闲事！"

他重重地拍了一下自己脸颊，低下头去，三筷两筷把眼前的槐叶冷淘干掉。凉津津的面条顺着咽喉滑进胃里，心中烦躁被微微抑住了一点。

那个小官宦说的是"申正酉初"前往招福寺。那会儿已是夜禁，街上不许有行人，只能在坊内活动。李善德只好提前赶到崇义坊，选了个客栈住下。不过这附近住宿可真贵，他花了将近半贯钱，只拿到一个靠近溷轩的小房间。

眼看时辰将近，他去了招福寺对面，要了一碗素冷淘，边吃边等。可谁知道，李善德眼神一扫到寺门上那一块写着"招福寺"的大匾，便会想起自家的香积贷，又开始算起负债来。

好不容易等到申正酉初，李善德起身走到招福寺的一处偏门，伸手拍了拍门环。过不多时，一个小沙弥打开门来，问他何事。他战战兢兢把冯元一的名刺递过去，也不知该说什么好。

小沙弥接过名刺看了眼，莫名其妙。幸亏韩洄临走前提醒李善德，必要时可以故弄玄虚一下。他便鼓起勇气，冷着声音道："把这名刺交给此间贵人便是，其他的你不要问。"

小沙弥被这口气吓到了，收下名刺，嘀咕着关门走了。过不多时，偏门"哗啦"一声打开，两人一照面，俱是一怔。开门的居然是熟人，正是和李善德签了香积贷的招福寺典座。

"李监事，你回来啦？我以为你去了岭南呢。"典座的表情有点精彩。

"贵寺功德深厚，福报连绵。在下无以为报，不去岭南怕是只能捐宅供养佛祖了。"李善德淡淡地讥讽了一句。典座有点尴尬："咳，先不说这个，就是你给贵人递的名刺？"

李善德点点头。典座不再多说什么，示意他跟着自己，然后转身走进寺中。他们七绕八绕，沿途有四五道卫兵盘问，戒备甚是森严，好不容易才来到了八角琉璃塔下的广场。

此时晚霞绚烂，夕照灿然，整个天空被染得直似火烧一般。一个身材颀长的锦袍男子在塔下负手而立，仰望着那龙霞奇景，似乎沉醉其中。旁边一位穿着金襕袈裟的老和尚双手合十，看似闭目修行，实则大气都不敢喘，胸口起伏，憋得很是辛苦。

"卫国公？"

李善德双膝一软，登时就想跪在地上。

第五章

卫国公杨国忠。

这是自李林甫去世之后，长安城里最让人战栗的名字。

圣人在兴庆宫里陪贵妃燕游，这位贵妃的族兄就在皇城处理全天下的大事，以至于长安酒肆里流传着一个玩笑，说天宝体制最合儒家之道——内圣外王。圣人在内，而外面那位"王"则不言而喻……

这么一位云端的奢遮大人物，李善德做梦也没想过，他会跟自己有什么联系。

今日观龙霞的，居然是他？

李善德脑子里一片混乱。难道是鱼朝恩引荐自己来见杨国忠？但那张名刺上明明写的"冯元一"啊？鱼朝恩何必多此一举？还是说，是右相自己要见我？他又是从哪儿知道我这么个小人物的？

杨国忠一直专心欣赏着龙霞，李善德也不敢讲话，站在原地。老住持偶尔瞥他一眼，传递出"莫作声"的凶光。

约莫一炷香后，最后一丝余晖缓缓掠过龙头，遁入夜幕。那龙仿佛也收敛起牙爪，变回凡物。杨国忠缓缓转过头来，手里转着名刺，注视着李善德。

"他说本相今日来招福寺，会有一场机缘，莫非就是你？"

李善德不知该如何答这话，连忙跪下："上林署监事判荔枝使李善德，拜见右相。"

"哦，是那个荔枝使啊。"杨国忠的面孔，似乎微微露出一丝嘲讽，"说吧，找我何事？"

"啊？"

李善德惊慌地抬起头。怎么回事？不是您要见我吗？怎么看这架势，您也不知道？那个叫冯元一的家伙一点提示都没给，只让我来招福寺，我还以为一切都安排好了呢。此时韩十四也不在，这……这该如何是好啊？

眼看这位权相的神情越发不妙，李善德只好拼命在心里琢磨，该如何应对才是。他不谙官场套磁，也没有急智捷才，只擅长数字……对了，数字！数字！

一想到这个，李善德的思绪总算有了锚位，思路逐渐清晰起来。看右相的反应，鱼朝恩应该还没来得及拿转运札子给他看，大概还在誊写吧，那可是好长一篇文章呢，光是格眼抄写就得……哎呀，回正题！鱼朝恩既然还没表功，那么我就还有机会！

李善德顾不得斟酌了，脱口而出："下官有一计，可让岭南新鲜荔枝及时运抵长安。"

听到这话，杨国忠终于露出点兴趣："哦？你是如何做到的？"

李善德本想约略讲讲，可面对右相一点都不能含糊，非得说透彻不可。他环顾左右，看到宝塔旁边的竹林边缘，是一面刚粉刷雪白的影壁，眼睛一亮。

这是招福寺的独门绝技。达官贵人赏完龙霞之后，往往诗兴大发，这片白墙正好用来题壁抒情。而这白壁外侧不是砖，而是一层可以拆卸的木板。贵人题完诗，和尚们就把木板拆下来，移到寺西廊去，用青纱笼起。下次再有别的贵人来，依旧可以在无暇白壁上题诗……

"我可以借用这影壁吗？"李善德问住持。住持的腮帮子抽了几抽，双手合十道了句："阿弥陀佛。"

回答虽然含糊，但典座立刻领会了个中无奈，赶紧取来粗笔浓墨。李善德挥起笔来，先在影壁上画出几行词头。

甲　叙荔枝物性易变事

乙　叙岭南京城驿路事

丙　叙分枝植瓮之法并盐洗隔水之法

丁　叙转运路线并交替驿传之法

戊　叙诸色耗费与程限事

这"词头"本是指皇帝所发诏书的撮要，没想到李善德也懂得应用。杨国忠对这形式颇觉新鲜，吩咐人拿来一具胡床，就地坐下，背依宝塔看这小吏表演。

一说起庶务来，李善德便丝毫不怵。他以词头为纲要，侃侃而谈，先谈荔枝转运的现状与困难，再一一摆出对策，配合三次试验详细解说，最后延伸开来，每一项措施所涉衙署、成本核算与转运程限。有时文字不够尽意，还现场画出格眼簿与舆地简图，两下比照，更为直观。

他说得兴奋，只是苦了招福寺的和尚，李善德每说一段，便喊换一块新的白板来。十几页过去，寺里的库存几乎罄尽。好在李善德的演说总算也到了尾声，他最后在影壁上用大笔写了"十一"两个字，敲了敲板面：

"十一日，若用下官之法，只要十一日，鲜荔枝便可从岭南运至长安，香、味不变！"

听到这个结论，杨国忠捋了一下长髯，却没流露出什么情绪。

他身边不乏文士，说起治国大略吹得天花乱坠，好似轻薄的绢帛漫天飞舞；而李善德讲得虽无文采，却像一袋袋沉甸甸的粮食。杨国忠原来在西川干屯田起家，后来在朝里做过度支员外郎和太府卿，一直跟钱货打交道，一听就能分辨什么是虚，什么是实。

此人前后谈了那么多数字，若有一丝虚报，便会对不上榫头。可杨国忠整个听下来，道理关通，论证严丝合缝，竟找不出什么破绽，可见都是锤炼出的实数。

他从胡床上站起来，对这个转运法不置一词，只是淡淡问道："你是救命的荔枝使，既然想出了法子，自己去做便是，何必说与我知？"

李善德刚要回答，脑子里突然闪过韩洄下午教诲的为官之道："和光同尘，雨露均沾，花花轿子众人抬。"霎时福至心灵，悟性大亮，连忙躬身答道：

"下官德薄力微，何敢厚颜承此重任。愿献与卫国公，乐见族亲和睦，足慰圣心。"

这一刻，古来谄媚之臣浮现在李善德背后，齐齐鼓掌。

李善德知道，随着转运之法的落实，新鲜荔枝这个大盘子是保不住的。与其被鱼朝恩贪去功劳，还不如直接献给最关键的人物，还能为自己多争取些利益。那个"冯元一"让他来招福寺的用意，想必即在于此。

杨国忠听惯了高端的阿谀奉承，李善德这一段听在耳朵里，笨拙生硬，反倒显出一片赤忱。尤其是"族亲和睦"四字，让杨国忠颇为意外。

他与贵妃的亲情，紧紧联系着圣眷，这是右相最核心的利益，一丝一毫都不能疏忽。新鲜荔枝如果真可以博贵妃一笑，最好是经他之手送去。李善德那一句话，可谓是正搔到痒处。

杨国忠略加思忖，开口道："本相身兼四十多使职，实在分身乏术。这荔枝转运之事，还得委派专人盯着，你可有什么推荐的人选吗？"李善德回道："宫市副使鱼朝恩，可堪此任。"

杨国忠"嘿"了一声，他问的其实是谁挡住了你的道。这人也不是很傻嘛，居然听明白了，而且回答还很得体。

他把玩着手里的名刺，心中已如明镜一般。鱼朝恩想要抢了李善德的差使，李善德没有办法，只得把转运法献给自己，希望能保住职位。

这种蝇头微利，究竟谁得着，杨国忠其实并不怎么在意。他更关心荔枝到底能不能送到，这可关乎皇上和贵妃的心情。李善德那一番讲解，让他很有好感，觉得这人能干成，至少比鱼朝恩一个足不出宫的小宦官有把握，随手帮一把也无妨。

这点算计在脑子里只盘转了一霎，杨国忠便开口道："贵妃六月一日诞辰将至，鱼副使有太多物事要采买，就不给他添负担了。这件事，你有信心办下来吗？"

"只要转运之法能十足贯彻，下官必能在六月一日之前，将荔枝送到您手里。"

李善德大声道。他必须努力证明，自己有无可替代的价值，才不会在这个大盘里被挤出局。

杨国忠从腰带上解下一块银牌递给他。这牌子四角包金，中间錾刻着"国忠"二字。卫国公本名杨钊，其时天下流传的图谶中有"金刀"二字，他怕引起忌讳，遂请皇帝赐名"国忠"，这块银牌即是当时所赐。

李善德接了牌子，又讨问手书，以方便给相关衙署行去文牒。杨国忠一怔，不由得哈哈大笑："你拿了我的牌子，还要按照流程发牒，岂不坏了本相的名声？——流程那种东西，是弱者才要遵循的规矩。"

李善德唯唯诺诺，小心地把牌子收好。

其实，杨国忠不给手书，还有一层深意。倘若李善德把事情办砸了，他只消收回银牌，两者之间便没任何关系，没有任何文书留迹，切割得清清楚楚。

李善德想不到那么深，只觉得右相果然知人善任。他忽然想到一事，高兴地补充道："这次转运，所费不赀。有岭南胡商苏谅愿意报效朝廷，国库不必支出一文，而大事可毕。"

"岭南胡商？瞎胡闹。我大唐富有四海，至于让几个胡人报效吗？体面何在！"

李善德有些惊慌："那些胡商既然有钱，又有意报国，岂不是好事？"

"关于这次转运的钱粮耗费，本相心里有数。"杨国忠不耐烦地摆摆手。

"下官也是为了国计俭省考虑，少出一点是一点……"他想到对苏谅的承诺，不得不硬着头皮坚持。

杨国忠有些不悦，但看在李善德献转运法的分上，多解释了一句："本相已有一法，既不必动用太府寺的国库，亦无须从圣人的大盈库支出。你安心做你的事便是。"

说完他把身子转过去，继续看塔上的蟠龙。李善德知道谈话结束了。

至于那名刺，杨国忠既没有还的意思，也没提到底是谁。

李善德收好银牌，跟着典座朝外走去。走着走着，他忽然发现不对，这似乎不是来时的路。典座笑道："外头早已夜禁。这里的禅房虽不轩敞，倒也算洁净，大使何妨暂住一宿？"

招福寺的禅房，可不是寻常人能留宿的，不知得花多少钱。李善德受宠若惊，刚要推辞，典座又从怀里取出一卷佛经："怕大使夜里无聊，这里有《吉祥经》一卷，持诵便可辟邪远祟。"

听他的意思，似乎不打算收钱，李善德只好跟着典座来到一处禅房。这禅房设在一片桃林之中，屋角还遍植丁香、牡丹与铃铛草，果然是个清幽肃静的地方。

典座安排完便退下了。李善德躺在禅房里，总有些惴惴不安，随手把《吉祥经》拿来，展开还没来得及读，就有一张纸掉了出来。他捡起一看，竟是自己签的那一张香积契，从骑缝的那一半画押来看，这是招福寺留底的一份。

"这是什么意思？他们不要我还了？"李善德先有些发蒙，后来终于想明白了。住持亲见杨国忠赐了自己银牌，自然要略加示好。两百贯对百姓来说，是一世积蓄，对招福寺来说，只是做一次人情的成本罢了。

这一夜，李善德抱着银牌，一直没睡着。他终于体会到，权势的力量竟是这等巨大。

四月二十四日，李善德没回家，一大早便来到了皇城。

他刻意借用了上林署的官廨，召集了兵部驾部、职方两司，太仆寺典厩署，以及长安附近诸牧监、户部度支司、仓部司、金部司，太府寺左藏署等衙署的正职主事，连上林署的刘署令也都叫来，密密麻麻坐成一圈。

这其中不乏熟人，比如度支司派来的那个主事，就是两天前叱退了李善德的老吏。他此时脸色颇不自在，缩在其他人身后，头微微垂下。有右相的银牌在，谁也不敢有半句怨言。

李善德突然觉得很荒谬，他依足了规则，却处处碰壁；而有这么一块不在任何官牒里的牌子，却畅行无阻。

难道真如杨国忠所说，流程是弱者才要遵循的规矩？

李善德没时间搞私人恩怨。他开门见山，简要地说明了一下情况，然后拿出了数十卷空白的文牒，直接分配起任务来。驾部司要调集足够多的骑使，以及跟沿途水陆驿站联络；典厩署负责协调全国牧监，就近给所有的驿站调配马匹；户部要协调地方官府，调派徭役白直；太府寺要拨运钱粮补给、马具装备；就连上林署，都分配了调运冰块的庶务。

能想到砍树运果的法子，并不出奇，稍加调研即可发现。转运的精髓与难点，其实是由此延展出的无数极琐碎、极繁剧的落地事项。整整一个上午，上林署官廨里一直响着李善德的声音。各位主事只有俯首听命的份。前日的委屈，今日彻底逆转过来。

抛开内心对这个幸进小人的鄙夷，这些老吏对李善德的工作思路还是相当钦佩的。

李善德发给他们的，是一系列格眼簿子，里面将每个衙署的职责、物品列表、要求数量、地点、时限都写得清清楚楚，如果有两个衙署需要配合比对，把簿子拿出来，还可以合并成一个，设计得极为巧妙。整个安排下来，流程清楚，职责准确。

大家都是老吏，你是唱得好听还是做得实在，几句就判断出来了。

安排好了大方向，李善德请各位主事畅所欲言，看有无补充。他们见他不是客气，也便大着胆子提出各种意见，有价值的，都被一一补进转运法度里面。连荔枝专用的通行符牒什么样子、过关如何签押都考虑到了。

午间休息的时候，鱼朝恩来过一次，他拿出札子，交还给李善德，说自己揣摩了一天一夜，可惜才疏学浅，实在读不透，只好归还原主。他讲话时还是那么风度翩翩，言辞恳切，不见一丝嫉恨或不满在脸上。李善德懒得说破，跟他客气了几句，送出门去。

下午众人又足足讨论了两个时辰，算是最终敲定了荔枝转运的每一个细节，李善德长舒一口气。原来他限于预算与资源，很多想法无法实现，只好绞尽脑汁另辟蹊径，而如今有了朝廷在背后支撑，便不必用什么巧劲了。

以力破巧，因地制宜。总之一句话，疯狂地用资源堆出速度，重现汉和帝时"十里一置，五里一候，奔腾阻险，死者继路"的盛况。

李善德在规划好的那一条荔枝水陆驿道上，配置了大量骑使、驿马、快舟、桨手与纤夫，平均密度达到了惊人的每六十里一换，换人，换马。而且根据道路特点，每一段的配置都不一样。比如江陵至襄州中间的当阳道一带，官道平直，密度便达到了三十里一换；而在大庾岭这一段盘转山路上，则雇手脚矫健的林邑奴，负瓮取直前行，让骑手提前在山口等候。

当然，如此转运，花费恐怕比之前的预算还高。不过右相说他会解决，李善德便乐得不提。各个衙署的主事，也都默契地没开口去问，各自默默地先从本署账上把钱垫上……

一切都安排妥当之后，李善德宣布，他会亲自赶去岭南，盯着启运的事。其他人也要即刻动身，分赴各地去催办庶务。所有的准备，必须在五月十九日之前完成，否则……他扫了一眼下面的人群，没有往下说，也不必说。

散会之后，李善德算算时间，连回家的余裕都没有。他托韩洄给夫人捎去消息，便连夜骑马出城了。

这一次前往岭南，李善德也算是轻车熟路，只是比上一次更为行色匆匆，更无心观景。他日夜驰骋，不顾疲劳，终于在五月九日再度赶到广州城下。

广州的气候比上一次离开时更加炎热，李善德擦了擦汗水，有些忧心。这边没有存冰，荔枝出发的前两天，在这个温度下挑战可不小。

比天气更热情的，是经略府的态度。这一次，掌书记赵辛民早早候在城外，他一见李善德抵达，满面笑容，唤来一辆四面垂帘的宽大牛车，车身满布螺钿，说"请尊使上车入城，何节帅设宴洗尘"。

很显然，岭南朝集使第一时间把银牌的消息传到了。

"皇命在身，私宴先不去了。"李善德淡淡道。一来他不太想见到何履光，二来也确实时辰紧迫。

"也好，也好。何节帅在白云山山麓有一处别墅，凉爽清静，正合尊使下榻。"

"还是上次住的馆驿吧，离城里近些，行事方便。"

连碰了两个软钉子，赵辛民却丝毫不见恼怒。他陪着李善德去了馆驿，选了间上房，还把左右两间的客人都腾了出去。

安排好之后，赵辛民笑眯眯地表示，何节帅已做出指示，岭南上下一定好好配合尊使，切实做好荔枝运转。李善德也不客气，说麻烦把相关官吏立刻叫来，须得尽早安排。

赵辛民吩咐手下马上去办，然后从怀里掏出一大一小两串珍珠额链。珠子圆润剔透，每个都有拇指大小，说是"给尊夫人与令爱选的"。李善德知道自己不收下，反而容易得罪人，便揣入袖中。他想了想，刚要张嘴问寻找林邑奴尸骸的事，没想到赵辛民先取出一卷空白的白麻纸：

"大使在铁罗坑遇到的事，广州城都传遍啦。忠仆勇斗大虫，护主而亡，何节帅以下无不嗟叹，全体官员捐资立了一块义烈碑。如果大使肯在碑上题几个字，必可使忠魂不致唐捐。"

李善德眼神一凛，这赵辛民真是精明得很，自己的想法全被他算中了。看来他们是打算把铁罗坑的事这么盖过去，拿林邑奴来卖个好。

他本想把麻纸摔开，可一想到林邑奴临死前的模样，心中忽地一痛。那位家奴一世活得不似人，死后更是惨遭虎食，连骨殖都不知落在山中何处。若能为他立起一块碑，认真地当成一个人、一个义士来祭奠，想必他九泉之下也会瞑目吧……

李善德不善文辞，拿着毛笔想了半天，最终还是借了杜子美的两句诗"我始为奴仆，几时树功勋"。赵辛民赞了几句，说等碑文刻好，让大使再去观摩。

李善德牢记韩十四的教诲，拿出一轴早准备好的谢状，请赵辛民转交何节帅。谢状里骈四俪六写了好长一段，中心意思是没有岭南经略府的全力支持，此事必不能成。荔枝转运若畅，当表何帅首功云云……

赵辛民闻弦歌而知雅意，在调度人员上面积极起来。半个时辰之后，二十几位官吏便聚齐在馆驿。李善德也没什么废话，把在长安的话又讲了一遍，只不过内容更有针对性。

这里是荔枝原产地，是整个运转计划最关键的一环。如何劈枝，如何护果，如何取竹，如何装瓮，路上如何取溪水降温，必须交代得足够细致。

李善德特别提到，阿僮姑娘的果园，从即日起列为皇庄，一应产出皆供应内廷。这样一来，也算是为阿僮提供一层保护，省得引起一些小人、豪强的觊觎。

把工作都安排下去之后，李善德遣散了他们，从案几上端起一杯果茶，润了润冒烟的嗓子。真正操办起来，他才发现真是有无数事务要安排，简直应接不暇。这时门口有人传话，说苏谅来了。

一听这名字，李善德一阵头疼。可这事迟早要面对。他拿起笔墨纸砚摆了一阵，觉得不能这么逃避，只好说有请。

苏谅一进门，便放下手里的一个大锦盒，向李善德道喜，看来他也听说了右相银牌之事。

一阵寒暄之后，李善德说："苏老啊，我跟户部那边讲过了。你襄助的一应试验费用，回头报个账，我一并摊入转运钱里，给你补回来。说不定还能给你从朝廷弄一个义商的牌匾，以后市舶使也要忌惮几分。"

李善德见面便主动开列了一堆好处，希望能减缓一点坏消息的冲击。苏谅何等敏锐，一听便觉得不对劲，皱起眉头道："李大使，此前你我可是有过约定的。莫非有了什么变故吗？"

李善德举起杯子，掩饰着自己的尴尬，半天方答道：

151

"报效之事，暂且不劳苏老费心，朝廷另有安排。"

"这是为何？"苏谅看着李善德，语气平静得可怕。

事实上，李善德也不知道正确答案，杨国忠没让他管钱粮的事。可这种高层给的私下指示，他又不能明着跟苏老说，迟疑了半天，也没想好怎么解释。

苏谅那张满脸褶皱的面孔，却越发不悦了。

"大使在困顿之时，是小老不吝援手，出资襄助，方才有了今日的局面。莫非大使富贵之后，便忘记贫贱之交了？"

"苏老的恩情，我是一直记在心上的。只是朝廷有朝廷的考量，我一介小吏，人微言轻……"

"人微言轻？你最人微言轻的时候，找小老借钱时怎么不说？"

"这是两码事啊！"

"好，我信你，朝廷有安排，那你争取过没有？"

李善德登时语塞。他确实没有特别努力争取过，因为争取也没用。右相做的决定，谁敢去反对？他憋了半天，讪讪道："荔枝转运我能做主，可钱粮用度是从另外一条线走，不在我权限之内。"

苏谅气得笑起来："三杯吐然诺，五岳倒为轻。嘿，大使你是一推五岳倒，吐得干干净净啊。"李善德面色惭红，手脚越发局促不安："苏老放心，在我的权限之内，还款绝无问题，利息也照给，不让您白忙一场。"

"白忙一场？你知道什么叫白忙一场？"苏谅霍然起身，像只老狮子一样咆哮起来，"小老就因为信任大使你的承诺，整个商团的同人早早去做了报效的准备。如今你一句办不了，商团这些准备全都白费了，撒出去的承诺也收不回来了，这里面损失有多大？大使你能想象吗？"

李善德确实想象不出来，所以他只能沉默地承受着口水。待得苏谅喷完了，他抬起袖子擦了擦面孔："朝廷又不是这一次转运，以后每年都有，我会为你争取。"

苏谅冷笑起来："明年？明年你是不是荔枝使还不知道呢！你立了大功，拍拍屁股升官去了，倒拿这些话来敷衍！"

被他这么数落，李善德心里也忍不住发起火来："您先前借我的那两笔，我已用六张通行符牒偿还了。剩下的一千贯，是我欠您的不假，我会请经略府尽快垫付拨还。其他的事情，恕我无能为力。"

望着板起面孔的李善德，苏谅悲恼交加，伸出戴着玉石的食指，点向李善德的额头直抖："李善德，小老与你虽然做的是买卖，可也算志趣相投。我本当你是好朋友，这次你回来，还计划着请你去给广州港里的各国商人讲讲那些格眼簿子，去海上转转。可你竟……你竟这么跟小老算账……"

李善德心中委屈至极，便拿出"国忠"银牌，搁在自己面前一磕："苏老，此事的根源可不在我……"

他的本意，是暗示对方到底是谁从中作梗。可苏谅误会了，以为他是把杨国忠抬出来吓唬人，不由得怒道："大使不能以理服人，所以打算以势压人？"

"不，不是，苏老你误会了。这件事是右相要求的，你说我能怎么办？"

可这句解释在苏谅耳朵里，根本就是欲盖弥彰。他一甩袖子，怒喝道："好，好，大使你既如此，看来是小老自作多情了。就此别过！这寿辰礼物，就是丢海里好歹也能听个响！"说完重新把锦盒抱在怀里，转身离去。

李善德这才想起来，今天竟是自己生辰，真亏苏谅还记得。那个老胡商本是喜怒不形于色的老狐狸，这是把他当真朋友，才突然爆发出孩子似的脾气。他一时悔愧交加，有心冲出去再解释几句，可又赶上一堆文牍送到案几上。荔枝转运迫在眉睫，实在不容在这些事情上扯皮，这位荔枝使只能强压下心中不安，心想等事情做完，买一份厚礼去广州港，再设法重修旧好吧。

他又忙了整整一个下午，办起事来却没了之前行云流水的通畅感。李善德发现，他早已把苏谅当成一个朋友，而非商人，闹成这样，实在令他大受打击。

一直到了傍晚时分，李善德才算恢复点精神，因为阿僮过来探望他了，连花狸都带了过来。

花狸一见这房间内铺着柔软的茵毯，立刻跳出阿僮的怀抱，避开李善德的拥抱，径直去了墙角蜷起来，呼呼大睡。

阿僮这次带了两筐新鲜荔枝，身后居然还跟着几个同庄的峒人。他们一见到李善德，就开始哄哄地叫起来，说要喝长安酒。李善德这才想起来，他之前答应过他们，要带些长安城出产的佳酿到岭南来。所以这些人一听说城人回来了，便跑过来讨酒喝。

李善德笑容颇不自然。他这次赶回岭南，日夜兼程，连行李都嫌多，更不可能带酒回来。阿僮见他有些不对劲，拽他到一边悄声问道："城人，酒你忘带啦？"

"唉，唉，事务繁忙，真的没空带。"

"我的兰桂芳你也没带？"

"惭愧，惭愧……"

阿僮瞪了他一眼："就交代你一件事，还给忘了！你的

155

记性还不如斑雀呢！我把荔枝带回去了！"她说完，走到峒人们面前，叽里咕噜地解释。峒人们发出失望的叹息声，可终究没有闹起来。

李善德趁机说请大家喝广州城里的酒。峒人们一听，也是难得的机会，又兴奋起来。李善德让馆驿取来几坛波斯酒，打开坛子，请大家开怀畅饮。这些峒人一边喝着，一边大叫大唱，在房间内外躺了一地。馆驿的掌柜一脸厌恶，可碍于李善德的面子，只得忍气吞声地小心伺候着。

阿僮倚着案几，拿起酒碗一饮而尽，然后斜睬着眼看那个掌柜，对李善德道："瞧，你们城人看我们峒人，就是这种眼神，就好像一条细犬跑到他榻上似的。"

李善德"嗯"了一声，却没答话。手里这色如琥珀的波斯酒，又让他想起苏谅来。阿僮见他有心事，好奇地问起，李善德便如实说了。

阿僮惊道："原来今天是你生日。"李善德啜了一口酒，苦笑："四十二了，还像个转蓬似的到处奔波，不得清闲。"

"那你干吗还要做？"

"很多事情，身不由己啊。就像苏老这事，我固然想践诺，却也无可奈何。"他瞥了眼呼呼大睡的花狸，"还是你和花狸的生活好，简单明了，没那么多烦恼。"

阿僮从筐里翻出一枚硕大的荔枝："喏，这是今年园子目前结出最大的一枚，我们都叫它丹荔，每年就一枚，据说吃了以后能延年益寿。你今天既然生日，就给你吃吧。"李善德接过荔枝，有点犹豫："这如今可都是贡品了。"阿僮一拍他脑袋："园子里多了，不差这一枚。你不吃我送别人去。"

李善德轻轻剥开来，里面现出一丸温香软玉，晶莹剔透，手指一触，颤巍巍好似脂冻，果然与寻常荔枝不同。他张开嘴，小心翼翼地一整个吞下去，那甘甜的汁水霎时如惊涛一般，拍过齿缝，漫过牙龈，渗入满是阴霾的心神之中，令精神为之一清。

"谢谢你，阿僮姑娘。"

阿僮不以为意地一摆手："谢什么，好朋友就是这样的。你忘了给我带酒，但我还是愿意给你拿丹荔。——那个苏老头真是急性子，怎么不听你解释呢？"

"唉，这件事错在我，而且他的损失也确实大。找机会我再补偿他吧。"李善德拍了拍脑袋，想起了正事，"哎，对了。你的园子，挂着的荔枝还够吧？"

"你这人真啰唆，问了几遍了？都留着没摘呢。"阿僮说到这个，仍是气鼓鼓的，"你们城人坏心思就是多，要荔枝就要吧，非要劈下半条枝干。运走一丛，要废掉整整一棵好树呢。"

"我知道，我知道。横竖一年只送去几丛，不影响你园子里的大收成。我会问皇帝给你补偿，好布料随便挑！"

"再不信你了，先把长安酒兑现了再说！"

"呃，快了，快了。眼看这几日即将启运，我一到长安马上给你发。"

李善德带着微微的醉意承诺。他把花狸揽过来，揉着它肚子，拨弄着它耳朵，听着它呼噜呼噜的声音，也不知是打鼾还是舒服。他忍不住腹诽了一句，这样的主子，伺候起来才真是心无芥蒂。

次日李善德酒醒之后，发现阿僮和那一群峒人早已离开，只把花狸剩在他怀里。他想赶紧起身办公，花狸却先一步纵身跃到案几上，一脚把银牌踢到地上去，然后伸出爪子把文书边缘磨得参差不齐。他吓得想要把它抱开，它一回身，居然开始用牙咬起地上的牌子。

"要说不畏权贵，还得是你呀。"李善德又是无奈又是钦佩，掏出一块鱼干，这才调开了主子的注意力，把牌子拿回来。

在花狸眼中，右相这块银牌不过是块磨牙牌子，可在别人眼里，它比张天师的请神符还管用。李善德有了它，对全国驿站都可以如臂使指。

这些天里，除了岭南这边紧锣密鼓地忙碌，驿站沿线的各种准备工作也陆续铺开。雪片一样的文牍汇总到广州城里，李善德一天要工作七个时辰才应付得了。他在墙上画了一条横线代表驿路，每一处驿站配置完毕，便画一条竖线在上头。随着五月十九日慢慢逼近，竖线与日俱增，横线开始变得像是一条百足蜈蚣。

五月十三日，赵辛民又一次来访。这次他没带什么礼品，反而面带神秘。

"尊使可还记得那个波斯商人苏谅？"

李善德心里"咯噔"一下，难道他去经略府闹了？赵辛民见他面色不豫，微微一笑："昨日经略府在广州附近查处了一支他旗下的商队，发现他们竟伪造五府通行符牒。"

李善德吃了一惊，在这个节骨眼上，经略府突然提出这个事，是要做什么？赵辛民淡淡道："这些胡商伪造符牒不说，还在上头伪造了尊使的名讳，妄称是替荔枝使做事。这样的符牒，居然伪造了五份，当真是胆大包天！"

赵辛民见李善德脸色阴晴不定，不由得笑道："我知道尊使与那胡商有旧。不过他竟打着您的旗号招摇撞骗，可见根本不念旧谊。尊使不必求情，经略府一定秉公处理。"

李善德总算听明白了，赵辛民这是来卖好的。他一定是听说苏谅和自己闹翻了，故意去抓五张符牒的把柄，还口口声声说老胡商是冒用荔枝使的名头。这样一来，既替李善德出了气，又把他私卖通行符牒的隐患给消除了。

看来追杀一事，经略府始终惴惴，所以才如此主动地卖个大人情。

"你……你们打算怎么处理他？"李善德有点着急，想赶紧澄清一下。

"市舶使的精锐，已整队前往老胡商的商号，准备连根拔起。"

李善德双眼骤然瞪圆，他失态似的抓住赵辛民双臂："不可！怎么可以这样！你们不能这么做！"赵辛民语重心长道："尊使，既已闹翻，便不可留手。妇人之仁，后患不绝……"

可他话没说完，李善德已疯了一样冲出馆驿，远远传来他的高喊声："备马！快备马！我要去广州港！"

赵辛民望着这妇人之仁的荔枝使，着实有点无奈。事已至此，你现在去又有什么意义？难道就能挽救苏谅？就算救下来，难道因报效而起的龃龉，便能冰释不成？

可他又不能不管，只好快走几步，喊着说："尊使我们

160

同往，我给你带路。"

广州一共有三个港口，其中扶胥和屯门为外港，珠江旁的广州城港为内港，乃是有名的通海夷道，港内连帆蔽日，番夷辐辏，水面常年漂浮着几十艘来自海外三十六国的大船宝舶，极为繁盛。

李善德一路赶到广州城港，赵辛民本以为他要去阻拦对苏谅货栈的查抄，不料他却一口气跑到码头边缘，朝着珠江出海的方向望去。望着望着，李善德一屁股瘫坐在栈桥上，豆大的汗珠从额头沁出来。

恰好市舶使的查抄行动已然结束，负责的伍长把抄没清单交给赵辛民。他走到李善德面前，把清单递过去："刚刚收到消息，苏谅的几条大船听到风声，昨天连夜拔锚离港了，这是他们来不及搬走的库存，尊使看有无合意的，笔端上好处理。"

李善德拿过清单看了一遍，先是痛苦地闭上眼睛，然后突然跳起来，揪住赵辛民的衣襟狂吼："你们这群自作聪明的蠢材！蠢材！"

在他的荔枝转运计划里，有一样至关重要的器物——双层瓮。无论是分枝植瓮之法还是盐洗隔水之法，都用得着它。不过这个双层瓮，只有苏谅的船队里才有，别处基本见不到。不是因为难烧，而是因为它的应用范围十分狭窄，平时只是用于海运香料。除了苏谅这样的香料商人，没人会准备这东西。

李善德在拟订计划时，为了节省费用，没有安排工坊烧制，打算直接从苏谅那里采购。即使两人闹翻，李善德还在幻想多付些绢帛给他，弥补报效未成的损失。

现在倒好，经略府贸然对他下手，让局面一下子不可收拾了。

这位老胡商的嗅觉比狐狸还灵敏，一觉察到风声不对，立刻壮士断腕，扬帆出海。更让李善德郁闷的是，苏谅并不知道是经略府自作主张，只会认为是李善德想斩草除根。两人之间，再无人情可言。

他知道，李善德的软肋是这双层瓷，没它，荔枝转运便不成，所以在撤离时果断带走了所有的存货——这是对那个背信弃义的小人最好的报复！

听明白个中缘由，赵辛民的脸色也变得煞白。一个卖人情的动作，反倒把荔枝转运给毁了，这个责任，纵然是他也承担不起。

"那……请广州城的陶匠现烧呢？"

"今天已经五月十三日了，十九日就得出发，根本来不及！"

"全广州卖香料的又不止他苏谅一个，我这就去让市舶使联络其他商人，清点所有商栈！"

赵辛民跌跌撞撞跑开了，李善德望着烟波浩渺的珠江水面，心中泛起的愁苦，怕是连丹荔都化不开。一来是与苏谅这个误会，怕是至死也解不开；二来千算万算，没想到居然在这里出了变数，满腔的愁苦无处诉说。

接下来的一整天，广州港所有商栈被市舶使的人翻了个遍，结果只找到两个，还是破损的。赵辛民这次算是真尽了心，他忙前忙后，居然想到一个补救的办法。

这边的胡商嗜吃牛肉，因此广州城里的聚居区里有专杀牛的屠户，并不受唐律所限。有些奸猾的牛贩子为了多赚些钱，卖牛前故意往牛嘴里灌入大量清水，把胃撑得很大。赵辛民原本是贩牛出身，对这些市井勾当熟悉得很。他的办法是：取来新鲜牛皱胃，塞入一个单层瓮内，先吹气膨大，内侧用石灰吸去水分，抹一层蜂蜡定形，再将食道口沿坛口一圈粘住，只留一处活口。

需要给外层注水时，只要把活口打开，清水便会流入坛内壁与胃外壁之间的区域。牛胃不会渗水，可以保证内层的干燥，同时也能够透气。这样一番操作下来，勉强可以当作一个双层瓮来使用。

唯一比较麻烦的是，牛胃会随时间推移发生腐烂。即使用石灰处理过，也只能支撑数日，需要更换新的。

李善德对这个办法很不满意。首先它没经过试验，不知对植入瓮中的荔枝枝干有什么影响；其次，三日就要更换一个新胃，还得准备石灰、蜂蜡等材料，这让途中转运的负担变得更加繁重，凭空增加了许多变数。

但他已无余裕去慢慢挑选更好的材料了。走投无路的李善德只得告诉赵辛民，限一日之内，把所有的瓮具准备好。而且接下来启运的所有工作，也将交给他来完成。

"我一定尽力办妥，但尊使您要去哪儿？"赵辛民问。

"我会提前离开广州，排查线路。"李善德揉着太阳穴，疲惫地回答。

双层瓮的事情出了之后，他意识到，自己不能等到十九日和荔枝转运队一起出发。沿途类似的突发事件有很多，这在文书里是看不出来的，他得提前把驿路走一遍，清查所有的隐患。

李善德现在不敢信任任何人，只能压榨自己。

可他没想到的是，就在即将离开之时，又一个意外发生了。

这一次的麻烦，来自阿僮。

五月十五日一大早，李善德快马上路。他会先去一趟石门山，用眼睛最后确认山下的荔枝长势，然后再踏上归路。

可一到庄子口，他惊讶地发现，大量的经略府士兵围在园子内外，热火朝天地砍伐着荔枝树。而阿僮和很多峒人则被拦在外圈，惊恐而愤怒地叫喊着。

"这……这是怎么回事？"李善德勒住马，厉声问道。

现场指挥的，正是赵辛民。他认出李善德，连忙过来解释说，他们是奉命前来截取荔枝枝条，行掇树之术，做转运前的最后准备。

这件事李善德知道，本来就是他安排的。他在第二次抵达岭南之前，曾委托阿僮做了一次试验，如果将荔枝枝条提前截下，放在土里温养，等隐隐长出白根毛，再移植入瓮中，存活时间会更长——谓之"掇树之术"。

事实上，这不是什么新鲜发明。广东这边种新荔枝树，早已不是靠埋荔枝核，那样太慢，而是取树间好枝刮去外皮，以牛屎和黄泥壅培，待生出根须之后，再锯断移栽。这正是掇树之术的原理，峒人则称为高枝压条。

"我知道到了行掇树之术的日子，但你们为什么砍了这么多？"

李善德愤怒地朝园中观望，只见将近一半的荔枝树都惨遭毒手，粗大的主枝被锯下，残留着半边凄惨的躯干，如同一具具被车裂的遗骸。他记得自己明明规定过，这一次的运量只要十丛荔枝，最多砍十棵树就够了啊。

赵辛民"呃"了一声，还没回答，那边阿僮已经发现了李善德，大哭着跑了过来。在李善德的印象里，这个姑娘永远是一张开朗爽快的笑脸，这还是第一次见她面露绝望与惶恐，和自己女儿有一年看灯走失时的神情一样。他不禁大为心疼。

"城人，他们欺负我！他们要把我阿爸阿妈种的树都砍掉！"阿僮带着哭腔喊道，嗓音嘶哑。

"放心吧，阿僮，我不会让他们欺负你！"李善德重新以严厉的目光看向赵辛民，"快说！为何不按计划截枝！谁让你们多砍的？"

他从来没这么愤怒过，感觉就像看到自己女儿被人欺负。可赵辛民从怀里取出一轴文牒来。李善德展开一看，整个人顿时呆住了。

这是来自京城的文牒，来自杨国忠本人。李善德正为双层瓮的事忙得晕头转向，这个指示便转去了赵辛民那里。文牒内要求：六月一日运抵京城的荔枝数量，要追加到三十丛。

怎么会这样？万事即将俱备，怎么上头又改需求？

饶是李善德是个佛祖脾气，也差点破口大骂。他杨国忠知不知道，需求数量一变，所有的驿乘编组都得调整，所有的交接人马都得重配，工作量可不是一加一那么简单。

赵辛民也是一脸无奈。他拉住李善德衣袖，低声道："贵妃娘娘吃到了荔枝，那么她的大姐韩国夫人要不要吃？三姐虢国夫人要不要吃？杨氏诸姐妹哪个都得照顾到，右相就只能来逼迫办事之人，咱们这些倒霉蛋是不怕被得罪的。"

"那砍三十棵就够了，何必把整个园子都……"

说到这里，李善德自己先顿住了，赵辛民苦笑着点了点头。

李善德是做过冰政的人，很了解这个体系的秉性。每到夏日，上头说要一块冰，中间为求安全，会按十块来调拨。下头执行的人为了更安全，总得备出二十块才放心。层层加码，步步增量，至于是否会造成浪费，并没人关心。

所以右相要三十丛荔枝，到了都省就会增加到五十丛，转到经略府，就会变成一百丛，办事的人再留出些余量，至少也会截出两百丛。李善德无法苛责任何人，这与贪腐无关，也与地域无关，而是大唐长久以来的规则。

阿僮看李善德呆在马上，久不出声，急得直跺脚："城人，城人，你快说句话呀！你不是有牌子吗？快拦住他们呀！"

李善德缓缓垂下头，他发现自己的声带几乎麻痹了，连带着麻痹的，还有那颗衰老疲惫的心脏。

是，右相的命令非常过分，张嘴就要加量，丝毫没考虑到一线办事之人的难处。但那是右相啊，一个小小的荔枝使根本无力抗衡。更何况，如果他现在勒令停止砍伐，那些官吏便会立刻罢手，停下所有的事。届时连转运队伍都无法出发，一切可就都完了。

这么复杂的事，他实在没法跟阿僮解释清楚。可这女子仍在哀哀地哭号着，双眼一直停在他身上。她打不过那群如狼似虎的城人，只有这一个城人可以相信，可以依靠。

"阿僮啊，你等等。等我从京城回来，一定给你个交代……"李善德的口气近乎恳求。

"城人，你现在不管吗？他们可是要我砍阿爸阿妈的树啊！"阿僮瞪大了眼睛，几乎不敢相信。李善德还要开口说什么，她却嘶声叫道："你还说这里从此是皇庄，没人敢欺负我，难道是骗人的吗？"

李善德心中苦笑。正因为是皇庄，所以内廷要什么东西，就算把地皮刮开也得交出去。他翻身下马，想要安慰她一下，她却一脸警惕地躲开了。

"你骗我！你骗我说给我带长安的酒，你骗我说没人会欺负我！你骗我说只砍十棵树！"阿僮似乎要把整个肺部撕裂，浑身的血都涌上面颊，可随即又褪成苍白颜色。

"我本以为你和他们不一样……"

阿僮猛地推开李善德，一言不发地转头走开。她瘦弱的身体摇摇摆摆，像一棵无处遮蔽，被烈风摧残过的小草。

李善德急忙要追过去，却被眼神不善的峒人们阻住了。只见阿僮跌跌撞撞走到园中，走过每一棵残树，唤着阿爸阿妈。待她走到深处一处砍伐现场时，突然从腰间抽出割荔枝的短刀，朝着旁边一个指挥的小吏刺过去。

小吏猝不及防，被她一下捅到了大腿，惊恐地跌倒惨叫起来。其他人一拥而上，把阿僮死死压在地上。刀被扔开，手腕被按住，头被死死压在泥土里，可她始终没有朝李善德这边再看一眼。

正午的太阳，刚刚爬到了天顶的最高处。没有了荔枝树的荫庇，强烈的阳光倾泻下来，把整个庄子笼罩在一片火狱般的酷热中。李善德的脖颈被晒得微微发痛，他知道，如果不立即继续执行掇树，这些荔枝都将迅速腐坏，让过去几个月的努力彻底成为泡影。而如果自己再不出发，也将赶不及提前检查路线。

他从来没这么厌恶过自己，多审视自己哪怕一眼，胃部都会翻腾。

坐骑突然发出一声不安的嘶鸣，猛然踢踏了几下，李善德睁开眼，发现花狸挠了马屁股一下后，迅速逃开十几步远。它注视着李善德，脖颈的毛根根竖起，背部弓起，不复从前的慵懒。

"快把她放开！不要为难她。"

李善德挥动着手臂，赵辛民原地没动，等着他做另外一个决定。李善德强制自己挪开视线，声音虚弱得像被抽取了魂魄：

"继续执行……"

他痛苦地闭上眼睛，抖动缰绳，让马匹开始奔跑起来。可这样还不够，他拿起鞭子抽打着马屁股，不断加速，只盼着迅速逃离这一片荔枝林。可无论坐骑跑得有多快，李善德都无可避免地在自己的良心上发现一处黑迹。

在格眼簿子的图例里，赭点为色变，紫点为香变，朱点为味变，而墨点，则意味着荔枝发生褐变，流出汁水，彻底腐坏。

第六章

一匹疲惫的灰色阉马在山路上歪歪斜斜地跑着，眼前这条浅绿色的山路曲折蜿蜒，像一条垂死的蛇在挣扎。黏腻温热的晨雾弥漫，远方隐约可见一片高大雄浑的苍翠山廓，夸父一般沉默峙立，用威严的目光俯瞰着这只小蚂蚁的动静。

李善德面无表情地抱住马脖子，每隔数息便夹一下马镫。虽然坐骑早已累得无法跑起速度，可他还是尽义务似的定时催动。

自从他离开石门山之后，整个人变成了一块石头，滤去了一切情绪，只留下官吏的本能。他每到一处驿站，会第一时间按照章程进行检查，细致、严格、无情，而且绝无通融。待检查事毕，他会立刻跨上马，前往下一处目标。

他对自己比对驿站更加苛刻，连休息的时间都没有留出，永远是在赶路，经常在马背上晃着晃着昏睡过去，一下摔落在地。待得清醒过来，他会继续上马疾行。仿佛只有沉溺于艰苦的工作中，才能让他心无旁骛。

此时他正身在岳州昌江县的东南群山之间。这里是连云山与幕阜山相接之处，地势如屏如插，东南有十八折、黄花尖、下小尖，南有轿顶山、甑盖山、十八盘，光听名字便可知地势如何。

但只要一离开这片山区，便会进入相对平坦的丘陵地带，然后从汨罗江顺流直入洞庭湖，进入长江。这一段水陆转换，是荔枝运转至关重要的一环，李善德检查得格外细致。

他跑着跑着，一座不大的屋舍从眼前的雾气中浮现出来，它没有歇山顶，而是一个斜平顶，两侧出椽，这是驿站的典型特征。李善德看了看驿簿，这里应该叫作黄草驿，是连云山中的一个山站。

可当他靠近时，他发现这驿站屋门大敞，门前空荡荡的，极为安静。李善德眉头一皱，驱马到了门口，翻身下来，对着屋舍高声喊"敕使至"。

没有任何回应。

李善德推门进去，屋舍里同样也是空荡荡的。无论是前堂、客房、伙房还是停放牲口的侧厩，统统空无一物。他检查了一圈，发现屋舍里只要能搬动的东西都没了，伙房里连一个碗碟都没剩下，只有柜子后头还散乱地扔着几轴旧簿纸和小木牌。

"逃驿?!"

这个词猛然刺入李善德识海，让他惊得一激灵。

大唐各处驿站的驿务人员，包括驿长和驿卒——都是附近的富户与普通良民来做，视同徭役。驿站既要负责官使的迎来送往，也要承担公文邮传，负担很重，薪俸却不高。一旦有什么动荡，这些人便会分了屋舍财货一哄而散，这个驿站就废了。

李善德为了杜绝逃驿，特意在预算里放入一笔贴直钱，用来安抚沿途诸驿的驿长和驿卒。他觉得哪怕层层克扣，分到他们手里怎么也有一半，足可以安定人心了。

他面色凝重地里外转了几圈，真的是"家徒四壁"，干净得紧。驿站原存的牛马驴骡，以及为了荔枝转运特意配置的健马全被牵光了，草料、豆饼与挽具也被一扫而空。唯一幸存下来的，只有一个石头马槽，槽底留着一汪浅浅的脏水。

李善德坐在屋舍的门槛上，展开驿路图，知道这回麻烦大了。哪里发生逃驿不好，偏偏发生在黄草驿。

此地衔接连云、幕阜两山，山势蜿蜒，无法按照每三十里设置一处驿所，只能因地制宜。这个黄草驿所在的位置，是远近八十里内唯一能提供水源的地方，一旦它发生逃驿，将在整条线路上撕出一个巨大的缺口。飞骑将不得不多奔驰八十里路，才能更换骑乘马匹和补给。

更麻烦的是，一离开昌江县的山区，就要立刻弃马登舟，进入汩罗江水路。这里耽搁一下，水陆转换就多一分变数。

如今已经是五月二十二日未时，转运队已从岭南出发三日，抵达黄草驿的时间不会晚于五月二十三日午时。

李善德意识到这一点后，急忙奔出屋舍，跨上坐骑。现如今去追究逃驿已无意义，最重要的是把缺口补上。他能想到的唯一办法，就是找到附近的村落，征调也罢，购买也罢，弄几匹马过来。

在山中寻找村落，并非易事，李善德只能离开官道，沿着溪流的方向去寻找。总算皇天不负有心人，他很快便看到了一处山坳的村落，散落着十几栋夯土茅屋。

可村子里和驿站一样空无一人，没有炊烟，没有狗吠，远处山坡上的田地里，看不到任何牲畜。路旁的狭小菜畦里，野草正疯了一样侵凌着弱小的菜苗。李善德走进村子，感觉周围有着黑乎乎的空洞窗口的几栋土屋，像一具具无助的骷髅头在注视着他。

莫非这些村民也逃走了？难道附近有山贼？

李善德无奈地退回驿站，在屋舍里的柜台翻来翻去，想要找出答案。他打开地上那两卷残存的簿纸，一卷是本站账册，一卷是周边山川图。他先把账册收起，留待以后查验，然后钻研起地图来。没过多久，李善德抬起头来，深深地吸了一口气。

为今之计，只有一个办法了。

从周边山川图来看，这黄草驿所在的位置，距离汨罗江的水驿直线距离并不远，两者恰好位于一道险峻山岭的上缘与下麓，道路不通。行旅必须绕行一段叫十八折的曲折山路，才能迂回离开山区。

李善德决定把自己这匹马留在黄草驿，这是匹好马，后来的骑手多一匹马轮换，速度可以提升很多。至于他自己，则徒步穿行下方山岭，直抵汨罗水驿。

孤身一人夜下陌生山岭，这其中的风险，不必多说。可李善德就像存心要糟践自己似的，毫不犹豫便做出了决定。

五月二十二日，子时。

汨罗水驿的值更驿卒打着哈欠，走出门对着江水小解。

上头发来文书，要他们早早备好几条轻舟和桨手，将有极紧急的货物路过，所以这几日他们都处于高度紧张状态。

驿卒撒完尿，突然听到身后有奇怪的声音。他回过头去，黑暗中看不清什么，但可以清楚地听到脚步声。不对，节奏不对，这脚步声里总带着一种拖曳感，似乎有什么东西拖在地上移动，隐约还有低沉的粗喘声，更像是吼叫。

驿卒有点害怕了，他听过往客商讲过灵异故事。据说当年三闾大夫在这江中自尽时，不小心把一条江边饮水的山蛇也拖下去了。三闾大夫从此受渔民供奉，每年有粽子可吃，那条枉死的山蛇却没人理睬，久变怨灵，一到夜里就会把站在江边的人拖进水里吃掉。

莫非这就是山蛇精来了？他害怕极了，刚要转身呼喊伙伴，却看到那黑影一下子扑过来。借着驿站的灯笼，驿卒这才发现，这竟是一个人！

这人一头斑白头发散乱披下，浑身衣袍全是被藤刺划破的口子，袍上沾满了苍耳和灰白色痕迹，那大概是在山石上蹭过的痕迹。他走起路来一瘸一拐，右腿一直拖在地上，似乎受了很严重的伤。

驿卒稍微放心了些，喝问他是谁。这人勉强从怀里掏出一份敕牒，虚弱地答道："上林署监事判荔枝使李善德，奉命前来……前来查验！"

李善德这次能活着抵达汨罗水驿，绝对是一个奇迹。他从下午走到深夜，穿行于极茂密的灌木与绿林中，复杂多变的山势被这些藤萝遮住了危险，导致他数次因为脚下失误而一口气滚落数十尺，并因此摔伤了右脚脚踝，浑身的血口子更是无数。连李善德自己都不知道自己是怎么撑下来的。

如果招福寺的住持知道这件事，一定会说这是因为李施主瞻仰过龙霞，福报缭绕。

李善德简单地查验过水驿之后，立刻登上一条轻舟，唤来三名桨手，交替轮换，毫不停歇地朝着洞庭湖划去。

就长途旅行而言，乘船要比骑马舒服多了。李善德斜靠在船舱里，总算获得一段闲暇时光。他浑身酸疼得要死，只有嘴巴和胳膊还能勉强移动，急需休养。小舟轻捷地在江水表面滑行着，顺流加上桨划，让它的速度变得惊人。几只夜游的水鸟反应不及，惊慌地扇动翅膀，才算堪堪避开船头。

李善德面无表情地咀嚼着干硬的麦馍，唯一能动的胳膊从船篷上抽下几根干草，充作算筹，在黑暗中飞速计算着。过不多时，胳膊的动作一僵，似乎算出了什么。

这一次荔枝转运，意料之外的麻烦实在太多了。

之前双层瓮和掇树的纷争，对荔枝保鲜质量都产生了微妙的影响，而黄草驿的逃驿事件和其他一些驿站的失误，对速度也有耽搁。积少成多，这些大大小小的意外凑在一起，产生的推迟效应十分惊人。

按照原计划，荔枝树的枝条枯萎，将发生在渡江抵达江陵之时。当地已经准备好了冰块和竹筒。飞骑将把荔枝迅速摘下，将用竹篝隔水之法处理，加以冰镇并继续运送。

但刚才的计算表明，因为行程中的种种意外，以及保鲜措施的缩水，枝条枯萎很大可能会提前在进入岳州时发生。而岳州无冰，他们只能用"盐洗隔水之法"坚持到山南东道的江陵，再改换冰镇。岳州到江陵这一段空窗，对荔枝的新鲜程度将是致命打击。

李善德疲惫地闭上眼睛，山岳他可以翻越，但从哪里凭空变出冰块来啊？

这道题，解不开，难道荔枝运到这里，便是极限了吗？

完了，完了……

在绝望和疲惫的交迫之下，李善德的潜意识接管了身体的控制权，强行让他进入睡眠。李善德梦见自己走进一片林中，这里的桂花树上却挂满了荔枝，甘甜与芬芳交融，令他有些陶然。他信手剥开一枚荔枝，却发现里面是一张陌生女子的面孔，与阿僮有几分相似。他又剥开另外一枚，又是一个陌生男子的面孔。

他吓得把荔枝抛开，攀上桂花树高处。那桂花树却越来越歪斜，低头一看，一只斑斓猛虎在树下狞笑着抓着树干。李善德正要呼喊求饶，却发现不知何时夫人与女儿也在树上，紧紧抱住自己。女儿号啕大哭，喊着阿爷阿爷。

本来他以为老虎不会爬树，他们暂时是安全的。可桂花树的树根猛然拱起来，把地面抬得越来越高，猛虎距离树顶越来越近。一瞬间，所有的荔枝都爆裂开来，喷出浓臭的汁水。无数魂魄呼啸而出，把桂花树、荔枝和他们全家都淹没……

他霍然醒来，挣扎着要起身，不防右腿一阵剧痛，整个人"咣当"一声摔到船舱底部。这时桨手进来禀报，已接近洞庭湖的入江口了，耳边哗啦的水声传来，他竟睡了快十二个时辰。

这条轻舟只能在河、湖航行，如果要继续横渡长江，需要更换更坚固的江舟。李善德有气无力地"嗯"了一声，还未从噩梦的惊惧中恢复过来。

这噩梦实在离奇，就算是当年长安城最有名的方士张果，怕也解不出此梦寓意。不过随着神志复苏，梦里的细节正飞快地消散，一如烈日下的冰块。很快李善德便只记得一个模糊画面：那老虎依托着荔枝树树根，地面升起，朝着桂花树头不断逼近。

等等……李善德突然意识到什么。

冰块，对了，冰块。他想起来昏睡之前的那一个大麻烦。这个问题不解决，他还不如睡死过去。

也许是充足的睡眠让思考恢复了锐利，也许是噩梦带来的并不只是悚然，李善德突然明白了最后一片残存梦境的真正解法。

桂花树没有倒在地上，地面却在逼近桂花树。那么，荔枝赶不到冰块所在之处，就让冰块去找荔枝！

原来我连做噩梦都在工作啊……李善德顾不得感慨，赶紧拿起舆图，算起行程来。只要先赶到江陵，让他们把冰块反方向渡江运到岳州，应该刚刚能和转运队衔接上！

"立刻换舟，我要去江陵！"李善德挣扎着起身，对篷外喊起来。

五月二十四日卯时，一条江舟顺利抵达江陵城外的码头。码头上的水手们都好奇地看过来，区区一条长鳅江舟，居然配备了三十个桨手，个个累得汗流浃背。虽说溯流是要配备桨手不假，可这一条小船配三十个，你当这是龙舟啊？

李善德全然不理这些目光，直奔转运使衙署而去。负责接待他的押舶监事态度恭谨，可一听说要派船把冰块送去岳州，便露出为难神色。

"大使明鉴。驾部司发来的公文说得明白，要我等安排人手，把荔枝送去京城。这去岳州方向反了，不符合规定呀。"

李善德没有余裕跟他啰唆："一切都以荔枝转运为优先。"押舶监事却不为所动："本衙只奉驾部司的公文为是，要不您去问问京城那边？"

"没那个时间，现在我以荔枝使的身份，命令你立刻出发！"

"大使恕罪，但本衙归兵部所管……"

李善德拿出银牌来，狠狠地批到那监事的脸上，登时批得他血流满面，再一脚踹翻在地，自己因腿伤也差点跌倒。监事有心反抗，可一看牌子上的"国忠"二字，登时不敢言语，只嗫嚅道："可是，可是江上暑热，冰块不堪运啊！"

这点小事，难不住曾主持过冰政的李善德。他亲自来到冰窖门口，吩咐库丁们把四块叠压在一起，再用深井之水泼在缝隙处。他一共动用了二十块，合并成五方。这五方搬运上船后，再次叠压，看上去犹如一座冰山，用三层稻草苫好。

监事有些心疼地唠叨说，即便如此，送到岳州只怕也剩不了多少了。李善德不动声色道："我算过了，融化后剩下的，应该足够荔枝冰镇的量。"

"二十块大冰啊，够整个江陵府用半个月的，就为了那么一小点用处，这也太浪……"监事还要说，可他看到李善德的冷酷眼神，只得把话咽下去。

可很快问题又来了。这条运冰船吃水太深，必须减重才能入江。

监事吩咐把压舱物都搬出来，可还是不行。李善德道："从江陵到岳州是顺水而下，把船帆都去掉。"

众人依言卸下船帆，可吃水线还是迟迟不起。李善德又道："既然江帆不用，桅杆也可以去掉了，砍！"监事"啊"了一声，要表示反对，可李善德瞪了他一眼："你有什么好办法，尽可以说给右相听。"

于是几个孔武水手上前，把桅杆举斧砍掉，扛了下来。李善德扫了他们一眼："这船上多少水手？"

"十五名。"

"减到五名。"

除了五名最老练的水手留下，其他人都下船了，可吃水线还是差一点。

"与行船无关的累赘一律拆掉！"李善德的声音比冰块

本身还冷。

于是他们拆下了船篷，拆掉了半面甲板，连船头饰物和舷墙都没放过，还扔掉了所有的补给。一条上好的江船，几乎被拆成了一个空壳。送完冰块之后，这条船不可能再逆流返回江陵，只能就地拆散。

李善德目送着光秃秃的运冰船朝下游驶去，没有多做停留，继续北上。前面出了这么多状况，他更不敢掉以轻心，得把整条路都提前走过一遍才踏实。

为了这些荔枝，他已经失去了太多，绝不能接受失败。

六月一日，贵妃诞辰当日，辰时。

一骑快马朝着长安城东侧的春明门疾驰而去。

马匹是从驿站刚刚轮换的健马，皮毛鲜亮，四蹄带劲，跑起来鬃毛和尾巴齐齐飘扬。可它背上的那位骑士却软软地趴在鞍子上，脸颊干瘪枯槁，全身都被尘土所覆盖，活像个毫无生命的土俑。一条右腿从马镫上垂下来，无力地来回晃荡着。

与其说这是活人，不如说是捆在马上的一具行尸。

在过去的七日中，李善德完全没有休息。他从骨头缝里榨出最后几丝精力，把从江陵到蓝田的水陆驿站排查了一遍。今日子时，他连续越过韩公驿、青泥驿、蓝田驿和灞桥驿，先后换了五匹马，最终抵达了长安城东。

马匹接近春明门时，李善德勉强撑开糊满眼屎的双眼。短短数日，他的头发已然全白了，活像一捧散乱的颓雪。根根银丝映出来的，是远处一座前所未见的城门。

只见那城楼四角早早挂上了霓纱，寸寸缩着绢花，向八个方向连缀着层叠彩旗。城门正上方用细藤和编筐吊下诸品牡丹，兼以十种杂蕊，令人眼花缭乱，将城门装点得如仙窟一般。

不只是春明门，全城所有的城门，城内所有的坊市都是这般装点。为了庆祝贵妃诞辰，整个长安城都变成了一片花卉的海洋。要的正是一个万花攒集、千蕊齐放、香气冲霄、芳华永继，极尽绚烂之能事。城门尚是如此，可以想象此时那栋花萼相辉楼该是何等雍容华贵。

以往贵妃诞辰，都是在骊山宫中，唯有这一次是在城中。现在这场盛宴，只差最后一样东西，即可完美无瑕。

在距离春明门还有一里出头的地方，李善德的身子突然晃了晃。他的力量已是涓埃不剩，毫无挣扎地从马背上跌落下去，重重摔在一块从泥土中露出的青岩旁边。

李善德迷茫地看向身下，发现那不是一块青岩，而是一块劣质石碑。碑上满是青苔和裂缝，字迹漫漶不清。他再向四周看去，发现自己置身于一片矮丘的边缘。坡面野草萋萋，灰褐色的沙土与青石块各半。矮丘之间有很多深浅不一的小坑，坑中不是薄棺便是碎碑，偶尔还可以看到白森森的骨头。几条野狗蹲在不远处的丘顶，墨绿色的双眼朝这里望来。

李善德认出来了，这是上好坊啊，这是杜子美曾经游荡过的上好坊，长安附近的乱葬岗。这里和不远处的春明门相比，简直就是无间地狱与极乐净土的区别。

李善德没有急切地逃离这里。他有一种强烈的感觉，也许这里才是自己最终的归宿。

"杜子美啊，杜子美，没想到我也来啦。"

李善德嚅动了一下嘴唇，不知那个独眼老兵还在不在。他想站起来，那条右腿却一点也不争气。它在奔波中没有得到及时的救治，基本上算是废了。他索性瘫坐在石碑旁，让身躯紧紧倚靠着碑面。上好坊的地势较高，从这个角度看过去，春明门与长安大道尽收眼底。

理论上，现在荔枝转运应该快要冲过灞桥驿了吧？在那里，几十名最老练的骑手和最精良的马已做好了准备，他们一接到荔枝，便会放足狂奔，沿着笔直的大道跑上二十五里，直入春明门，送入邻近的兴庆宫去。

当然，这只是计算的结果。究竟现在荔枝是什么状况，能不能及时送到，李善德也不知道。

能做的，他都已经做完了。接下来的，只剩下等待。

他吃力地从怀里拿出一轴泛黄的文卷，就这么靠着石碑，入神地看起来，如老僧入定，如翁仲石像。大约在午正时分，耳膜忽然感觉到震动，有隆隆的马蹄声由远及近。李善德缓缓放下文卷，转动脖子，浑浊的瞳孔中映出了东方大道尽头的一个小黑点。

那个小黑点跑得实在太快，无论是马蹄掀起的烟尘、天顶抛洒下的阳光还是李善德的视线，都无法追上它的速度。转瞬之间，黑点已冲到了春明门前。

一骑，只有一骑。

骑手正弯着脊背，全力奔驰。马背上用细藤筐装着两个瓮，瓮的外侧沾着星星点点的污渍，与马身上的明亮辔头形成鲜明对比。

李善德数得没错，只有一骑，两坛。

后面的大道空荡荡的，再没有其他骑手跟上来。

从岭南到长安之间的漫长驿路中，九成九的荔枝由于各种原因中途损毁了。从石门山出发的浩浩荡荡的队伍，最终抵达长安的，只有区区一骑，两坛。坛内应该摆放着各种竹筒，筒内塞满了荔枝。

至于荔枝到底是什么状态，就只能听天由命了。

飞骑没有在李善德的视野里停留太久，它一口气跑到了春明门前。春明门的守军早已做好了准备，二十面开城鼓同时擂响，平时绝不同时开启的两扇城门，罕见地一起向两侧让开。

在盛大的鼓声中，飞骑毫不减速地一头扎进城门洞子。与此同时，城内更远处也传来鼓声。一阵比一阵更远，一浪比一浪更高，似乎兴庆宫前的城门、宫门、殿门正在次第敞开，迎接贵客的到来。

没过多久，一阵悠扬的钟声也加入这场合奏，那是招福寺的大钟，这种事他们可是从不落人后的。随后钟鼓齐鸣，乐音交响，所有的庙宇、道观，所有的坊市都加入庆祝行列，整个城市陷入喜庆的狂欢。

李善德低下头，依靠着上好坊的残碑，继续专心读着眼前的文卷。他的魂魄已在漫长的跋涉中磨蚀一空，失去了对城墙内侧那个绮丽世界的全部想象。

"良元，这次你做得不错。"

杨国忠轻轻挥动月杖，把一个马球击出两丈远，正中一座描金绣墩。

李善德跪在下首，默然伏地一拜，幞头边露出几缕白发。在他右腿旁边，还搁着一把粗劣的藤拐杖，与金碧辉煌的内饰格格不入。这里是右相在宣阳坊的私宅，内中之豪奢难以描述。有资格来这里述职的官员，在朝中不会超过二十个。

"你是没见到，贵妃娘娘看到荔枝送到时，脸上笑得有多开心。全国送来的寿辰贺礼，都被这小小的一枚荔枝给比下去了。"

李善德依旧没言语。

"要说那荔枝的味道，我吃了一枚，就那么回事吧，不算太新鲜。不过圣人看中的是心意，贵妃娘娘高兴，他也就心满意足了。"杨国忠放下月杖，用汗巾子擦擦额头，"以后这鲜荔枝怕是要办为每年的常例了，你得多用心。"

这一次，李善德没有躬身应诺，而是沙哑着嗓子道："下官可否斗胆问一件事？"

杨国忠笑了笑："放心好了，荔枝使还是你的。不过你本官品级确实太低，回头我让吏部把你挂到驾部司去，以后徐徐再升上来，你莫要心急。"

李善德道："下官问的，不是这个。"

杨国忠一怔，难道这家伙是要讨赏吗？他忽然想起，招福寺的住持有意无意提过，说免去了李善德的香积贷。杨国忠忍不住冷笑了一声，真是改不了的穷酸命。他正要开口，李善德已说道：

　　"荔枝转运，靡费非小。虽说右相曾言钱粮不必下官劳心，可下官始终有些惶恐。可否解惑一二？"

　　对这个要求，杨国忠倒是很能理解。他也是财货出身，知道整天与数字打交道的人，如果搞不清哪怕一文钱的账目走向，就浑身都难受。何况……这也算是他的一个得意妙招，不说给懂行的人显摆一下，未免有衣锦夜行之憾。

　　"反正日后也要你来管，不妨现在说说好了。"杨国忠背起手来，缓缓踱步，"荔枝转运的费用，其实是颇有为难的。从太府寺的藏署出并不合适，国用虽丰，自有法度，总要量入为出；而从大盈库里拿，等于是从圣人的锦袋里掏钱，也不是不行，但咱们做臣子的，非但不为陛下分忧，反而去讨债，不是为臣之道。"

　　李善德的姿势一动不动，听得十分专注。

　　"所以在你奔忙转运之时，中书门下也发下一道牒文：要求沿途的都亭驿馆，所领长行宽延半年；附地的诸等农户，按丁口加派白直徭役，准以荔枝钱折免。"

换了旁人，听到这一连串术语只怕要一头雾水，李善德却听得明明白白。

各地驿站的日常维持经费，都是驿户自己先行垫付。每三个月计账一次，户部按账予以报销，谓之"请长行"。长行宽延半年，意味着驿户要多垫付整整六个月的驿站开销，朝廷才会返还钱粮。这样操作下来，政事堂的账上便平白多了一大笔延付的账。

至于驿站附近的农户，他们在负担日常的租庸之外，突然要再服一期额外的白直徭役，没人愿意。没关系，那么只消缴纳两贯荔枝钱，便可免除这项徭役。

"如此一来，国库、内帑两便，不劳一文而转运饶足，岂不是比你那个找商人报效的法子更好？"

杨国忠话音刚落，李善德已脱口而出："下官适才磨算一下。荔枝转运路程四千六百里，所涉水陆驿站总计一百五十三处，每驿月均用度四十贯，半年计有三万六千七百二十贯；每站附户按四十计，一共有六千一百二十户，丁口约万人，荔枝钱总有两万贯上下。合计五万六千七百二十贯。"

"好快的算计。"杨国忠眼睛一亮。

李善德又道："本次荔枝转运，总计花费三万一千零二十贯，尚有两万五千七百贯结余。"杨国忠脸色猛地一沉："怎么？你是说本相贪黩？"

"不敢，只想知道去向。"

"哼，自然是入了大盈库，为圣人报忠。"

李善德钦佩道："下官浅陋驽钝，只想着怎么找圣人要钱；您事情做完，居然还帮圣人赚了钱，还是右相有手段。"

这恭维话，杨国忠听着总有点不自在。这小吏太不会讲话，难怪在九品蹉跎了近二十年。他捋了捋胡髯，决定在李善德说出更难听的话之前，终止这次会面。

不料李善德从怀里拿出一卷泛黄的文卷，恭敬地搁在膝前的毯子上，肩膀一松，似乎刚刚做出一个重大决定。杨国忠嘴角一抽，不会吧？你一个明算及第的老吏，难道也想学人家投献诗作？

李善德把文卷徐徐展开，里面不是诗句，而是涂满了数字与书法拙劣的字迹。

"启禀右相，这是昌江县黄草驿的账册。他们在荔枝转运期间发生逃驿，下官只收得账册回来。"

"这种小事交给兵部处理，该惩戒惩戒，该追比追比，你拿给本相做什么？"

"右相难道不好奇，他们为何逃驿？为何附近村落也空无一人？"

李善德见杨国忠保持沉默，翻开一页，自顾自说起来："这账册上记得颇为清楚。黄草驿每月用度三十六贯四百钱，由附户二十七户分摊，每户摊得一贯三百四十八钱。长行宽限半年，等于每户平白多缴八贯，再加上折免荔枝钱，每户又是两贯。"

他的声音不知不觉高了起来："这些农户俱是三等贫户，每年常例租庸调已苦不堪言。下官找到的那个村落，家无余米，人无蔽衫，连扇像样的屋门板都没有。如今平白每户多了十贯的负累，让驿长如何不逃？让村落如何不散？"

杨国忠愕然地瞪着他，没料到这小官居然会这么说……不，是居然敢这么说。

"原本我在预算里，特意做进了贴直钱，给驿户予以补贴。没想到您妙手一翻，竟又从中赚得钱来。内帑固然丰盈，这驿户的生死，您就不顾了吗？"

"哼，只是个例罢了，又不是个个都逃。李善德，你到底想表达什么？"

"右相可知道，为了将这两瓮新鲜荔枝送到长安城，在岭南要砍毁多少树？三十亩果园，两年全毁！一棵荔枝树要长二十年，只因为京城贵人们吃得一口鲜，便要受斧斤之斫。还有多少骑手奔劳涉险，多少牧监马匹横死，多少江船桨橹折断，又有多少人为之丧命？"

杨国忠的表情越发不自然了，他强压着怒气喝道："好了，你不要说了！"

"不，下官必须说明白，不然右相还沉浸其中，不知其理！"李善德弯着身子，压抑了近二十年的能量，从瘦弱的身躯里爆发出来，令堂堂卫国公一时都不能动弹。

"右相适才说，不劳一文而转运饶足，下官以为大谬！天下钱粮皆有定数，不支于国库，不取于内帑，那么从何而来？只能从黄草驿、岭南荔园榨取，从沿途附户身上征派。取之于民，用之于上，又谈何不劳一文？"

"你……你疯了！"杨国忠挥起月杖，狠狠砸在了李善德的头上，登时打出一道深深的血痕。

李善德不避不让，目光炯炯："为相者，该当协理阴阳，权衡万事。荔枝与国家，不知相公心中到底是如何权衡，圣人心中，又觉得孰轻孰重？"

月杖再次挥动，重重地砸在李善德的胸口。他仰面倒了下去，口中喷出一口血来。

"滚！滚出去！"

杨国忠手持月杖，青筋暴起，眼角赤红，感觉连呼吸都是烫的。多少年来，还是第一次有人敢当着他的面这么说，这家伙简直是魔怔了。连李善德自己都没觉察到，这股怒意不甚精纯，其中还夹杂着丝丝缕缕说不清的情绪，也许是羞恼，也许是畏惧，也许还有一点点惊慌。

　　李善德勉强从茵毯上爬起来，先施一礼，把银牌拿出放在面前，然后挂起拐杖，一瘸一拐离开了金碧辉煌的内堂，离开这间"栋宇之盛，两都莫比"的偌大杨府，离开宣阳坊，朝着自己家的方向蹒跚而去……

　　两日之后，韩洄与杜甫忽然被李善德叫去西市喝酒，还是那一家酒肆，还是那一个胡姬，只是酒味浓烈了许多。因为人人都知道，京城出了个能人，有神行甲马，能把新鲜荔枝从几千里之外一夜运到京城。贵妃闻之，笑得明艳无俦。

　　他们本以为李善德是为庆贺升官，谁知他把自己与杨国忠的对话讲了一遍。听完之后，两个人俱是大惊失色。

　　韩十四颤声道："我说怎么这两天弹劾你的文书变多了。本以为树大招风，引来嫉妒而已，没想到却是你开罪了右相……"

　　杜甫不解道："良元立下大功，能有什么罪过被弹劾？"

"岭南朝集使弹劾你私授符牒，勾结奸商；兰台那边弹劾你贪黩坐赃，暴虐奴仆；户部也收到地方投诉，说你强开冰库，巧取豪夺，就连我们比部司，都受命要去勾检你从上林署预支三十贯驿使钱的事。"

韩洄掰着手指头，一样样数过来。杜甫露出难以置信的表情，他心思单纯，可没想到那些人会巧立出这么多罪名来。

李善德反倒极为平静："我这几日好好陪了陪家人，物事也都收拾好了，自辩表也写好了，只待他们上门拿人了。这次叫两位来喝酒，一来是感谢平日照顾提点之恩，二来是代我照顾下家人。"

杜甫激愤难耐，从席间站起来："良元，你为民直言，何罪之有？我去上书，跟圣人说去！"

韩洄一把将他拽回去："老杜啊，别激动，你只是个兵曹参军，不是拾遗啊，哪来的权限……"杜甫反复起坐数次，显然内心澎湃至极。韩洄劝住了这边，又看向李善德：

"可我还是不明白。良元兄你这么多年，汲汲于京城置业，眼看多年夙愿得偿，怎么却自毁前途呢？"

李善德拿起酒杯，玩味地朝着廊外檐角望去，那里挂着一角湛蓝色的天空，颜色与岭南无异。

"我原本以为，把荔枝平安送到京城，从此仕途无量，应该会很开心。可我跑完这一路下来，却发现越接近成功，我的朋友就越少，内心就越愧疚。我本想和从前一样，苟且隐忍一下，也许很快就习惯了。可是我六月一日那天，靠在上好坊的残碑旁，看着那荔枝送进春明门时，发现自己竟一点都不高兴，只有满心的厌恶。那一刻，我忽然明悟了，有些冲动是苟且不了的，有些心思是藏不住的。

"我给你们讲过那个林邑奴的故事吧？他一世被当作牲畜，拼死一搏，赚得作为一个人的尊严。我其实很羡慕他。我在京城憋屈了十八年，如老犬疲骡，汲汲营营。我今年四十二岁了，到底憋不住，也是时候争取一下自己想要的生活了。子美，你那一组《前出塞》，第二首固然不错，但我现在还是喜欢最后一首多些。"

他拍着案几，曼声吟道："从军十年余，能无分寸功。众人贵苟得，欲语羞雷同。中原有斗争，况在狄与戎。丈夫四方志，安可辞固穷。"最后两句，重复了数次，拍得酒壶里的酒都洒了出来。

对面两人一阵沉默。杜甫忽然开口道："这次若是良元事发，有司会判什么结果？"韩洄沉思片刻，艰难开口："这个很难讲，要看右相的愤恨到什么地步了。他有心放过，罚俸便够了，若一心要找回面子，五刑避四也不奇怪。"

唐律计有五刑：笞、杖、徒、流、死。韩洄说五刑避四，其意不言而喻。

李善德大笑，神情舒展："今日不说这个，来喝酒，来喝酒。对了，我还有一件小事要拜托。"说完他从腰间拿出一个绣囊，掷到桌上，听声响里面似有不少珠子。

"这是海外产的珍珠额链，你们两位拿着，空闲时帮我买些长安的好酒，尤其是兰桂芳，多买几坛，看是否有机会运去岭南。"

两人如何听不出这是托孤，正待闷闷举杯，忽然酒肆外进来一人。李善德定睛一看，竟是当初替冯元一传话的那个小宦官。

小宦官走到李善德面前，仍是面无表情："今日未正，金明门。"然后转身离开。

三人面面相觑，不知道这又是哪一出。金明门乃是兴庆宫西南的宫门，墙垣之上即是花萼相辉楼，这是要做什么？

李善德虽一头雾水，却不敢不信。上一次这"冯元一"让他去招福寺，结果赚得了杨国忠的信任，荔枝转运这才得以落实，这一次不知又安排了什么。

杜甫担心道："会不会是右相的圈套？"韩洄却说："右相想弄死良元兄，只怕比踩死蚂蚁还容易，用得着这么陷害吗？"两人对视一眼，不约而同地一拍案几，对李善德道："我们陪你去！"

算算时辰，如今未初快过了。三人结了酒钱，匆匆朝金明门赶去。上一次是招福寺招待卫国公观龙霞，被李善德撞见，这次金明门附近应该也有什么活动，与他密切相关。

韩洄与杜甫左右各一打听，发现这里今日居然有观民之仪。

所谓"观民"，是说圣人每月都会登上勤政务本楼与花萼相辉楼，向下俯观，取个体恤庶民、与民同乐之意。而聚在楼下的百姓，虽然要保持叩拜，但趁身子抬起的瞬间，也能偷偷瞻仰一下龙颜。

今日轮到圣人登花萼相辉楼，百姓都在金明门前聚齐，人头攒动，少说也有千人之数。可三人仍是不解，"冯元一"的意思难道是直接叩阍面圣？怎么可能？观民之时，禁卫戒备最为森严，根本连墙垣都无法靠近。何况圣人高居楼顶，你在下面喊什么，也难及圣听。

未正时分很快就到了，禁卫开始出面维持秩序。他们三个人都是有官身的，自然不会同百姓挤在一起，而是被安排在最前面一排，跟其他小官员聚在一块。放眼望去，一片青绿袍衫。

六品以上的官员，有的是机会近睹龙颜，不必跑到这里来。只有七品以下的，才会借这个机会博一博存在感，说不定圣人独具慧眼，就把自己挑中了呢。

等了约莫一炷香的时间，花萼相辉楼上开始有人影出现。禁军的呼喝连成一片，在场百姓纷纷跪伏，以额贴地。禁军对官员们的要求稍微松一些，这里不是朝会，只要立行大礼即可。

李善德行罢了礼，仰起头来，看到花萼相辉楼的最高一层，有一男一女凭栏而立。距离太远，看不清面容，但从衣着和周围侍者的态度来看，应该就是圣人和贵妃。

他的心脏跳得比刚才快了一些。这是李善德第一次亲眼见到这对全天下最著名的伉俪。

圣人与贵妃恩爱得很，两人并肩俯瞰，不时朝下面指指点点，意趣颇足。这时有第三个人影靠近，身材有些肥胖，手里还持一柄拂尘，肯定是个宦官。这宦官到了两人面前，朝下面一指，李善德突然发现，他指的方向正是自己这里，而贵妃的视线，也随之看过来。

他连忙垂下头，不敢以目光相接。

楼上三人嘀嘀咕咕，也不知说些什么。过不多时，忽然有使者从楼上奔至城头，用嘹亮的嗓门喊道："赏嘉庆坊绿李一篮！"

百姓和官员的队伍一时有些混乱。嘉庆坊远在洛阳，那里出产的绿李极为鲜嫩。虽不及荔枝出名，京中能吃到的人，也不算多。圣人居然在观民时发下赏赐，不知是哪个幸运儿能拿到。

使者将篮子从城头垂吊下来，由禁军小校径直送到李善德面前。周围的官员无不面露羡慕与嫉妒，还有人在打听这人到底是谁，竟蒙圣人御赐水果。

一直到观民之礼结束，众人散去之后，再没发生过其他怪事。李善德站在街头提着果篮，有点哭笑不得，那冯元一就为了给他发点水果？可他看向韩十四，却发现对方双目放光，连连拍着自己肩膀。

"怎么回事？"

"良元兄，这次你可以放心了！"

"别卖关子了，到底怎么回事？"杜甫比李善德还急切。

"嘿嘿，我竟忘了是他。"韩洄不肯当众打破这盘中哑谜，扯着两人到了一处僻静的茶棚下。他丢出三枚铜钱，唤老妪用井水把李子洗净，拿起来咔嚓一咬，绵软酸甜，极解暑气。

其他两个人哪有心思吃李子，都望着他。韩洄笑道："我来问你们，这个冯元一之前让良元兄去招福寺，目的是什么？"

"阻止鱼朝恩抢功，保下荔枝转运的差遣。"

"良元兄与他素昧平生，他却出手指点，为的是什么？或者说，他能从中得到什么？"

两人陷入沉思，李善德迟疑道："让鱼朝恩吃瘪？"韩洄一拍茶案："不错！鱼朝恩近年来蹿升很快，颇得青睐，你看这次贵妃诞辰，正是由他出任宫市副使，难免会有人看着不顺眼。"

"可宫里那么多……"

"你们别忘了，这人只用一个名字，就让杨国忠迫使自己的副使吐出功劳，面子极大。这样的人，在宫里能有几个？"

李善德回想起今日在花萼相辉楼上看到的第三人，不由得"啊"了一声，原来竟是他？高力士？杜甫很快也反应过来了，可仍是不解："他就为了拦一下鱼朝恩？"

"荔枝转运这个功劳，右相自己都要忍不住拿过去，遑论别人……"韩洄说到这里，忽然眉头一皱，细思片刻，神情一变。

"不对！荔枝这事，也许最早就是从高力士那里来的！"

李善德与杜甫对视一眼，都很迷惑。韩洄懊恼地猛拍自己脑袋，说："真是的，我怎么连这么大的事都忘了！早想起来，良元兄便不必吃这么多苦了！"

"到底怎么了？"

"高力士本来可不姓高，而是姓冯，籍贯是岭南潘州，入宫后才改的名字。"

这一下子，惊醒了其他两人。高力士名气太大，反而很少有人知道这段过往，只有韩洄这种人才会感兴趣。原来，他竟也是岭南人。

难怪圣人特别言明一定要岭南出产的荔枝，源头竟在这里。大概是高力士向贵妃夸口家乡荔枝如何可口，才有了后面这一堆麻烦。

李善德随即把花萼相辉楼上的情形描述了一番，韩洄忍不住击节赞叹："高明！真是高明！"

"我听说他名声很是忠厚。把良元叫来金明门前，大概是念在良元如此拼命的分上，略做回护吧？"杜甫猜测。

"也对，也不对。"韩洄又拿起一枚李子，"他把良元兄叫过来，只为了能在贵妃耳畔点一句：楼下那人，就是把新鲜荔枝办来长安的小官。如此一来，圣人和贵妃便知道了，哦，原来这人竟是他安排的。"

说到这里，韩洄满脸笑容地冲李善德一拱手："但无论如何，良元兄的量刑一定会被削薄数层，不必担心有斧钺之危了。御赐的这一篮子水果，虽不是什么紫衣金绶，可也比大唐律厉害多了。"

"为什么？"

"圣人刚打赏过的官员，你们转头就说他该判斩刑？是暗讽圣人识人不明吗？"

李善德震惊得半天没说话，这其中的弯弯绕绕，真是比荔枝转运还复杂。高力士的手段好高明，两次模糊不清的传话，一次远远地手指，便在不得罪右相的情况下揽走一部分功劳，又打压了鱼朝恩，至于救下自己，不过是顺手而为。用招之高妙，当真如羚羊挂角，全无痕迹。

能在圣人身边服侍这么久仍圣眷无衰，果然是有理由的。

李善德心中略感轻松，可又"嘿"了一声。当初贵妃要吃新鲜荔枝，所有人都装聋作哑，一推二让，一直到自己豁出性命试出转运之法，各路神仙这才纷纷下凡，也真是现实得很。

他奔忙一场，那些人若心存歹意，他已死无葬身之地；若尚念一份人情，抬手也便救了。生死与否，皆操于那些神仙，自己可是没有半点掌握，直如柳絮浮萍。

这种极其荒谬的感觉，让他忍不住生出比奔走驿路更深的疲惫。此事起于贵妃的一句无心感叹，终于贵妃的一声轻笑。自始至终，大家都在围着贵妃极力兜转，眼中不及其余。至于朝廷法度，就像是个蹩脚的龟兹乐班，远远地隔着一层薄纱，为这盛大的胡旋舞做着伴奏。

李善德摇了摇头，拿起一枚李子奋力咬下去。他运气不太好，篮中这一枚还没熟透，满嘴都是酸涩味道。

三日之后，朝廷终于宣布了对他的判决："贪赃上林署公廨本钱三十贯，杖二十，全家长流岭南。"

明眼人能看出来，这个判决实在颇具匠心。所有涉及荔枝转运的弹劾罪状，一概不提，只拿一个贪赃差旅钱的罪名出来。若依唐律，贪赃区区三十贯竟要全家长流，判决明显偏重；若依右相心情，判决又明显偏轻，可见是经过了一番博弈，各有妥协。

一个因从岭南运荔枝而犯事的官员，居然被判处长流岭南。招福寺的大师在一次法会上说此系因果循环，报应不爽，唯有恭勤敬佛，方可跳出轮回云云。

李善德一家，就这样彻底告别长安城的似锦繁华。这在上林署那些同僚的眼里，只怕比死还痛苦。"那个蠢狍子，放着京城的清福不享，去了那种瘴气弥漫的鬼地方，明年他就会后悔的。"刘署令恨恨地评论道。

李善德自己倒是淡定得很，能避开杀头就算很幸运了，不必奢求更多。他把归义坊那所还没机会住的宅子卖掉，买了一辆二手牛车，还换了一批耐放的酒。在六月底的一个清晨，他带着夫人孩子平静地从延兴门离开。全城没人知道这一家人的离去，只有韩十四和杜甫前去灞桥告别。

"子美，你的诗助我良多，要继续这样写下去啊，未来说不定能有大成。"李善德谆谆叮嘱道。杜甫泣不成声，挽起袖子要给他写一首送别诗，李善德却把他拦住了。

"我不懂诗，给我浪费了。下次韩十四回老家时，你给他写好了。"

"莫咒人啊。长安城这么舒服，我可不要离开。"韩洄笑道。

辞别二人，李善德一家坐着牛车缓缓上路。从京城到岭南的这条路，他实在是熟极而流。但这一次，他还是第一次有闲暇慢慢欣赏沿途的景致。一家人走走停停，足足花了四个月时间，才算是抵达了岭南。

岭南这个地方流放的官员实在太多，没人关注这个从九品下的落魄小官。赵辛民把他判去了石门山幽居，并暗示说这是朝里某位大人物的授意。

一转眼，就是一年过去。

"李家大嫂，来喝荔枝酒啦。"

阿僮甜甜地喊了一声，把肩上的竹筒往田头一放。李夫人取出两个木碗，旋开筒盖，汩汩的醇液很快便与碗边平齐。

阿僮又从怀里取出两个黄皮，递给李夫人身旁的小女孩。小女孩不去接黄皮，却过去一把抱住阿僮肩上的花狸，揉它的肚皮。花狸有些不太情愿，但也没伸出爪子，只是嘴里哼哼了几声。

远处的田里，一个人正挥汗如雨地搅拌着沤好的粪肥，虽然他一条腿是瘸的，却干劲十足。他正要把肥料壅培到每一根插在地上的荔枝树枝下。这些枝上皆有一处臃肿，好似人的瘤子一样，还用黄泥裹得严严实实的，隐隐已生出白根毛。如果培育得法，枝条很快就能扎下根去。

阿僮朝那边眺望了一眼，转身要走。李夫人笑道："都一年了，你还生他的气呢？既是朋友，何必这么计较？"

"哼，等他把答应我的荔枝树一棵不少地补种完，生出叶子来再说吧！"阿僮哼了一声，又好奇地问道，"你们从那么好的地方跑来这里，你难道一点都不怪那个城人？"

李夫人撩起额发，面色平静："他就是那样一个人，我也是因为这个当初才嫁了他。"

"啊？他是什么样的人啊？"

"好多年前了，我们一群华阴郡的少男少女去登华山，爬到中途我的脚踝崴了，一个人下不去，需要人背。你知道华山那个地方的险峻，这样背着一个人下山，极可能摔下万丈深渊。那些愿为我粉身碎骨的小伙子都不吭声了，因为这次真的可能粉身碎骨。只有他一言不发，闷头把我背起来，然后一路走下山去。我问他怕不怕，他说怕，但更怕我一个人留在山上没命。"李夫人说着说着，不由得笑起来，"他这个人哪，笨拙，胆小，窝囊，可一定会豁出命去守护他所珍视的东西。"

阿僮挑挑眉毛，城人居然还干过这样的事，看来无论什么烂人都有优点。

"其实他去找杨国忠之前，跟我袒露过心声。这一次摊牌，一家人注定在长安城待不下去。只要我反对，他便绝不会去跟右相摊牌。可这么多年夫妻了，我一眼就看出他内心的挣扎。他是真的痛苦，不是为了仕途，也不是为了家人，仅仅是为了一个道理，却愁得头发全都白了。十八年了，他在长安为了生计奔走，其实并不开心。如果这么做能让他念头通达，那便做好了。我嫁的是他，又不是长安。”

李夫人看向李善德的背影，嘴角露出少女般的羞涩。

阿僮歪了歪脑袋，对她的话不是很明白。她还想细问，忽然看到李善德手持木铲从田里朝这边走来，赶紧一甩辫子，迅速跑开了。过不多时，李善德满头大汗地走过来，接过夫人递来的酒碗，咕咚咕咚一饮而尽。

好酒！

这可不是米酒兑荔枝浆，而是扎扎实实发酵了三个月的荔枝果酒。

李善德放下碗，靠着田埂旁的一块石碑缓缓坐下。虽然小臂酸痛，浑身出了一层透汗，却畅快得很。他把碗里的残酒倒在碑下的土里，似是邀人来喝。

这石碑只刻了“义仆”二字，其他装饰文字还没来得及刻，经略府便取消了立碑的打算。李善德索性把它扛回来，立在园旁做个伴。

他给石碑倒完酒，凝望着即将成形的荔枝园，黝黑的脸膛浮现出几丝感慨。

在这一年里，李善德在石门山下选了一块地，挽起袖子从一个刀笔吏变成一个荔枝老农，照料阿僮的果园，顺便补种荔枝树赎罪。他日出而作，日落而息，叩石垦壤，完全不去理睬世事。唯一一次去广州城，只是请港口的胡商给不知身在何处的苏谅捎去一封信。

"有点奇怪啊！"

李善德暗自嘟哝了一句。他虽然不问世事，但官员的敏感性还在。荔枝在去年成功运抵京城之后，变成了常贡，转运法也很成熟，按道理今年朝廷从五月份开始就该催办新鲜荔枝了。可今天都七月中了，怎么没见城吏下乡过问呢？

这时他听见一阵马蹄敲击地面的声音，示意夫人和女儿抱着花狸躲去林中，然后站起身来。

只见顶着两个黑眼圈的赵辛民带着一大队骑兵，正匆匆沿着官道朝北方而去。他注意到路边这个荔枝农有点脸熟，再定睛一看，不由得勒住缰绳，愕然问道：

"李善德？"

"赵书记。"李善德拱手施礼。

"你现在居然变成这样……呵呵。"赵辛民干笑了两声，不知是鄙夷还是同情。

"赵书记若是不忙，不妨到田舍一叙。新酿的荔枝酒委实不错。"

"你还真把自己当成陶渊明了啊……外头的事一点都不

知道？"

"怎么？"

赵辛民手执缰绳，面色凝重："去年年底，安禄山突然在范阳起兵叛变，一路东进，朝廷兵马溃不成军。半年多，洛阳、潼关相继失陷。经略府刚刚接到消息，如今就连长安也沦陷了！"

"啊？"酒碗从李善德的手里坠到地上，"何至于，长安……怎么会沦陷？那圣人何在？"

"不知道。朝集使最后传来的消息，说圣人带着太子、贵妃、右相弃城而走，如今应该到蜀中了吧？"

李善德僵在原地，像被丢进了上林署的冰窖里。长安就这么丢了？圣人走了，阖城百姓如何？杜子美呢？韩十四呢？他咽了咽唾沫，还要拉着赵辛民询问详情。赵辛民却不耐烦地一夹双镫，催马前行。刚跑出去几步，他忽又勒住缰绳，回过头看向这个乡野村夫，神情复杂：

"你若不作那一回死，怕是如今还在长安做荔枝使——真是走了狗屎运呢。"

赵辛民一甩马鞭，再次匆匆上路。天下将变，所有的节度使、经略使都忙起来了，他可没时间跟一个农夫浪费口舌。

李善德一瘸一拐回到荔枝林中，从腰间取出小刀，在树上切下一枚无比硕大的丹荔，这是这园中今年结出的最大的一枚，硕大圆润，鳞皮紫红。他把这枚荔枝剥出瓤来，递给女儿。

"阿爷不是说，这个要留着做贡品，不能碰吗？"女儿好奇地问。

李善德摸摸她的头，没有回答。女儿开心地一口吞下，甜得两眼放光。他继续把树上的荔枝都摘了下来，堆在田头。这都是上好的荔枝，不比阿僮种的差，本作为贡品留在枝头的。他缓缓蹲下，一枚接着一枚地剥开，一口气吃下三十多枚，直到实在吃不下去，才停下来。

当天晚上，他病倒在了床上。家人赶紧请来医生诊了一回，说是心火过旺，问他可有什么心事，李善德侧过头去，看向北方，摆了摆手：

"没有，没有，只是荔枝吃得实在太多啦。"

文后说明

这篇文章的缘起，要追溯到我写《显微镜下的大明》时。当时我阅读了大量徽州文书，在一份材料里看到一个叫周德文的歙县人的经历。

那时朱棣决定迁都北京，永乐七年（1409年），从南方强行迁移了一批富户，其中包括歙县一户姓周的人家，户主叫周德文。周德文一家被安排在大兴县，他充任厢长，负责催办钱粮、勾当公事，去全国各地采购各种建筑材料，支援新京城建设。

这份工作十分辛苦，他"东走浙，西走蜀，南走湘、闽，舟车无暇日，积贮无余留，一惟京师空虚、百职四民不得其所是忧，劳费不计。凡五六过门，妻孥不遑顾"。周德文作为负责物资调度的基层小吏之一，因为太过劳碌，病死在了宛平县德胜关。

周德文的经历很简单，没什么戏剧性，但每次读史书我总会想起他。

如果你用周德文的视角去审视史书上每一件大事，你会发现，上头一道命令，下面的人得忙活上半天，有大量琐碎的事务要处理。光是模拟想象一下，头发都会一把一把地掉。

汉武帝雄才大略，一挥手几十万汉军精骑出塞。要支撑这种规模的调动，负责后勤的基层官吏会忙成什么样。明成祖兴建北京、迁出南京、疏通运河，可谓手笔豪迈，但仔细想想，这几项大工程背后，是多少个周德文在辛苦奔走。

一将功成万骨枯，其实一事功成，也是万头皆秃。诸葛亮怎么死的？还不是因为他主动下沉，把"罚二十以上皆亲览"的刻碎庶务全揽过去自己做，生生被累薨。

所以说，千古艰难唯做事，一事功成万头秃。没有人能随随便便成功。可惜的是史书对这个层面，关注得实在不够多。

2020年疫情期间，我看了几部日本电影：《决算！忠臣藏》《搬家的大名》《超高速！参勤交代》《殿下，给您利息》等，它们的共同特点是以基层办事员的角度去审视历史事件，与我最近几年的想法不谋而合。当时我就在想，中国古代一定也有类似的素材，我构想了好几个，只是没时间写。

2020年5月31日，一个朋友发微博说："杨贵妃要是马嵬坡没死真逃到了日本，是不是再也吃不到荔枝了？"我一下子灵感勃发，果断放下其他工作，试着把"一骑红尘妃子笑"用周德文式的视角解读一下。

这是一次久违的计划外爆发，写得格外酣畅，既不考虑知识的诅咒，也不顾虑读者感受，甚至不用考虑出版的事——这长度也没法出——想怎么写就怎么写。从动笔到写完，恰好是十一天，和李善德的荔枝运送时间等同。

要特别感谢于赓哲老师和天冬、沙漠豪猪老师，前一位给我指引了查找文献的方向和建议，后两位则在博物学方面提供了专业意见。本来我作为感谢，要把他们都写入文中。他们在听了我的创作理念后，果断转了五块钱过来，以换取不出场。啊，靠双手的辛勤劳动来赚取酬劳真开心啊！

与之相对的，我还有一个住在广州的好朋友，叫赵辛民，感情好到不用谈钱，我们的情谊你们也看到了。

另外要表扬下半枝半影同学，我本来只打算写四章。但她看完第一章后，断言这个体量没六章不能尽兴。果然如她所料，真是目光如炬。

杨贵妃吃的荔枝到底从何处而来，历来有三种说法：岭南、福建，以及四川涪州。关于这三者的辨析，很多学者已有专业文章。如于赓哲老师的《再谈荔枝道：杨贵妃所吃荔枝来自何方》、惠富平及王昇的《奇果标南土——中国古代荔枝生产史》等，这里就不赘述了。

晚唐时候有一个叫袁郊的人，其所撰《甘泽谣》中讲了个故事："天宝十四载六月一日，贵妃诞辰，驾幸骊山，命小部音声，奏乐长生殿。进新曲，未有名。会南海献荔枝，因名《荔枝香》。"——在所有的唐代荔枝史料中，这是最具画面感的一条。小说非论文，便任性地采用了这个说法，顺便把天宝十四载六月一日这个设定也用进去了。只可惜我对骊山实在没兴趣，所以还是让贵妃在城里直接把生日给过了……

关于岭南荔枝道的路线，我是用鲍防的《杂感》和清代吴应逵《岭南荔枝谱》里提供的路线为参考，综合卫星地图研判而成。至于文中所提的诸多保鲜方式，其实皆取自从宋代到清代的各种记载，如瓮装蜡封，隔水隔冰，竹籥固藏，截枝入土，小株移植等。考虑到中国古代科技差异不大，唐朝纵无记载，也并非不可能实现。

主角的来历，是我在一本敦煌写经卷子的末尾名录里，找到一位武则天时代的"司农寺上林署令李善德"，职位差不多，名字风格也符合，索性拽他到天宝末年来客串。

最后说个好玩的事。林嗣环在《荔枝话》中提到过在福建有个风俗："荔熟时，赁惯手登采，恐其恣啖，与之约曰：'歌勿辍，辍则弗给值。'"意思是说，为了防止摘果工人偷吃，雇主会要求他们一边唱歌一边摘。我干脆把这个风俗挪到峒人头上了。

马伯庸